KB242058

글누림 문화콘텐츠 총서 5 | 애니메이션과 스토리텔링

저자 소개

**이종한** 호서대학교 디지털문화예술학부 애니메이션 전공 교수

**조미라** 동서대학교 교수, 시나리오 작가

글누림 문화콘텐츠 총서 5

## 애니메이션과 스토리텔링

**초판 인쇄** 2005년 12월 16일
**초판 발행** 2005년 12월 24일
**지은이** 이종한 · 조미라
**펴낸이** 최종숙
**편집** 이은희 · 변나영
**펴낸곳** 도서출판 글누림
**주소** 서울 성동구 성수2가 3동 301-80
**전화** 3409-2055
**팩시밀리** 3409-2059
**등록** 2005년 10월 5일 제303-2005-000038호
**전자우편** nurim3888@hanmail.net
**값** 11,500원
ISBN 89-957345-4-X-03800

글누림 문화콘텐츠 총서 5

# 애니메이션과 스토리텔링

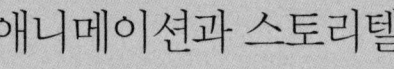

이종한 · 조미라  공저

글누림

# 문화콘텐츠 총서 발간에 부쳐

　호서대학교 교수님들이 주축이 된 글누림 문화콘텐츠 총서의 발간을 축하합니다. 지금 우리가 살고 있는 21세기는 지식기반 사회로 들어서고 있는 바, 이러한 문화의 세기에 대학 교육도 초국적, 초학제, 초캠퍼스라는 새로운 환경에 적응해야 합니다. 이런 시대정신의 흐름에서 가장 필요한 것이 창의적인 도전정신입니다.

　이번에 발간되는 문화콘텐츠 총서는 그러한 도전정신을 가지고 우리 대학의 연구자들이 이룩한 연구 업적입니다. 금번 1차 문화콘텐츠 총서에 이어 신개척의 문화 영역에서 창의적이고 도전적인 업적들을 담은 우리의 총서는 지속적으로 간행될 것입니다.

　그간 우리 대학은 벤처정신을 극대화하고 특성화함으로써 비약적인 발전을 이룩해 왔으며, 하나님을 공경하고 사회와 인류에 기여하는 참사람을 길러내는 데 최선을 다해 왔습니다. 이번 총서도 바로 이 인재 양성의 목표를 위해 노력한 그간의 창조적이고 도전적인 젊은 벤처정신이 일구어낸 결실인 것입니다.

　빛과 소금이 되라는 성경 말씀을 실천에 옮긴 문화콘텐츠 총서 기획단 및 집필자 여러분의 노고에 다시 한번 격려의 말씀을 드리는 바입니다.

호서대학교 총장　강 일 구

# EDITOR'S NOTE

　2000년에 들어 '文化産業'이라는 이름으로 출발했던 것이 이제는 '문화콘텐츠'라는 이름으로 굳어져 다음 세대의 산업을 선도할 핵심 분야라는 평가를 듣고 있다. 문화산업이 아니라 문화콘텐츠산업이라고 그 명칭도 수정되어 지금은 문화콘텐츠산업을 진흥하기 위한 문화콘텐츠진흥원도 설립되었다. 또한 관련 학회도 활발히 활동하고 있다. 각각의 문화산업 분야의 학회는 말할 것도 없고 산업과는 거리가 멀 것 같은 人文 영역이 이젠 문화콘텐츠산업에 중추적 역할을 할 것이라는 사명감으로 인문콘텐츠학회도 만들었다.

　미국에 있는 학과 교수에게 문화콘텐츠를 영문으로 표기해야 할 일이 있었다. 한국문화콘텐츠진흥원의 영문 명칭을 참조해 'Culture and Content'라는 용어로써 표기했다. 잘 모르겠다는 눈치여서 우리가 생각하는 문화콘텐츠를 설명하니 그것은 문화산업이니 'Culture Industry'로 표기해야 하는 것이라고 했다. 영화나 게임 등 상업적 목적이 뚜렷한 것은 말할 것도 없고 한국문화원형사업이든, 韓流事業이든, 지역축제든 에듀테인먼트든 그 궁극적인 목적은 문화를 기반으로 한 산업화의 가능성이라는 것을 털어놓으라는 말이다. 사실 출발이 문화산업으로부터 출발했으니 그 문화산업의 내용을 문화콘텐츠라고 지시한다고 해서 산업적 속성이 사라지는 것은 아니다.

　문화산업이라고 하든, 문화콘텐츠산업이라고 하든 처음의 출발이 산업적 개념과 목적으로 시작된 것은 사실이다. 천박한 商魂은 모든 것을 상품화하기 마련이라고 나무라기 전에 가치를 인정받지 못하면 결국 존재적 의의마저도 상실될 수밖에 없는 가혹한 현실을 받아들여야 한다는 것이다. 지금의 상황이 인문학의 위기는 아니며, 인문학의 위기가 기초 학문의 위기는 더욱 아니며 학문의 위기는 더더욱 아니라고 한다. 오히려 탄탄한 기초 학

문, 인문 학문이 문화산업의 가능성을 열어주니 학문으로서는 새로운 대응력을 갖는 것이라고 역설한다.

우리 대학은 산학 분야에서 단연 인정받고 있다. '벤처'를 학교의 모토로 삼은 것도 벤처 산업을 염두에 둔 것이 아니라 문자 그대로의 의미에서 '모험 정신'을 내세우기 위함이다. 이러한 의미에서의 모험 정신이 산학 분야에 집중되었다면 이제는 그 학술적 역량을 발휘할 때가 되었다. 이번 문화콘텐츠 총서의 정신은 바로 여기에 있다.

이 총서는 교양 있는 일반인을 위한 문화콘텐츠의 학술적 동향과 안내를 하는 것이 그 목적이다. 쉽고 간결한 문체를 선택하도록 했고 많은 그림과 도표로써 이해를 돕도록 했다. 모든 주석은 내용주로 처리하되 설명을 위한 최소한의 주석만 넣도록 했다. 단순 전거를 밝히는 주석은 참고문헌에서 몰밀어서 제시하도록 했다. 이러한 원칙을 정하고 모두 네 차례에 걸친 심포지엄을 열어 서로의 초안을 읽고 의견을 개진했다. 그러니 이 총서는 사실 개개의 집필자의 개성에 넘치는 저작이면서도 또한 공동 작업의 결과이기도 하다.

지금은 1차 총서이지만 향후 문화콘텐츠의 전 영역에 걸쳐 2, 3차 총서가 지속적으로 발간될 것이다. 이 작업이 문화콘텐츠라는 初有의 분야에 의미 있고 중요한 저술이 되길 희망한다.

호서대학교 한국어문화학부 국어국문학전공 김성룡

# PROLOGUE

불과 10년 전만 하더라도 애니메이션이라는 용어는 생소한 시절이었다. 그저 비디오 가게 한 귀퉁이에 어린이용 만화영화라는 이름으로 존재할 뿐이었다. 그리고 이러한 사회적 분위기는 필자를 비켜가지 않았다. 그 당시 필자에게 애니메이션은 사유하고 사색하는 인문학적인 소양을 파먹고 침식하는 괴물이었다. 왜 그랬을까?

잠시 영화 얘기를 해보자. 1895년, 뤼미에르 형제에 의해 영화가 대중에게 처음 공개되었을 때 그것은 경이로운 발명품에 지나지 않았다. 영화가 예술로서 성장하기까지는 어느 정도의 시간이 필요했던 것이다. 그렇다면 애니메이션은? 영화·문학·회화·음악과는 구별되는 독자적인 예술로서 가져야 할 '발효의 시간'이 있었던가?

적어도 한국 애니메이션은 무한의 속도와 경쟁과 공격을 강요하고 칭송하는 시대에 태어나 눈을 감고, 말없이, 천천히 사물을 바라보며 상상(혹은 몽상)에 잠기는 행복한 시간을 갖지 못했다. 오히려 그것은 시대를 역행하는 것이라고 생각했던 것이다.

그러나 속도가 빠를수록 우리는 세계와 존재를 만날 수 없다. 그것은 다만 스쳐지나갈 뿐이다. 사물을 오래도록 응시하면서 '상상'에 잠긴다는 것은 너무도 느리고 게을러 이 시대와는 가장 뒤떨어진 행위 같지만, 실은 존재 하나 하나와 눈길을 주고받으며 침잠해 들어갈 수 있는 최고의 방식이다.

그리고 지금 애니메이션에게 가장 필요한 것은 게으름뱅이의 시선과 응시로 '발효의

시간'을 갖는 것이다. 그 발효의 시간에 애니메이션의 '이야기'가 있다. 「아라비안나이트」에서 세헤라자드가 오로지 이야기를 계속할 때만이 살 수 있는 것처럼 이야기는 애니메이션에 있어서 목숨이고 이야기의 부재는 죽음인 것이다.

소위 '명작'이라고 불리어지는 애니메이션은 이미지와 더불어 서사성이 상보적으로 결합된 작품들에게만 붙여지는 상찬(賞讚)이다. 결국 한국 애니메이션이 세계에서 당당히 겨룰 수 있는 작품이 되기 위해서는 무엇보다도 탄탄한 서사성을 기반으로 한, 영상 언어의 재창조이다.

그 때 비로소 애니메이션은 언제 끝날 지도 모르는 길 위에서, 세계와 만나고 세계와 대화하며 멀리서 응시하는 탐구자로 남을 것이다

2005년 9월 가을의 문턱에서

이종한 · 조미라

# CONTENTS

제1장
애니메이션을 움직이는 상상력, 스토리텔링

# 1. 생명을 창조하는 신(神)의 손, 애니메이션

애니메이션은 움직이는 피사체를 카메라에 직접 담지 않으며, 때로는 촬영 과정 없이도 가능하다. 믿을 수 없다고? 그렇다면 잠시 어린시절을 떠올려보라. 어린시절 차례대로 넘길 수 있는 종이 뭉치나 노트에 하나씩 움직임을 그려 넣어 그것을 통해 움직임을 창조한 기억이 있다면, 당신은 이미 애니메이션에 세계에 입문한 것이다. 그것이 바로 촬영 과정 없이도 움직임을 창조하는, 필립북(flip book)이다. 또한 컴퓨터로 애니메이션을 제작한다고 할 때, 우리는 촬영이라는 과정 없이도 각각의 이미지를 입력하거나 모니터에 직접 그리는 작업으로 이미지들을 생성할 수 있다.

움직이지 않는 사물이나, 그림 등에 '움직임'을 불어넣어 움직이는 생명으로 창조하는 것, 이것이 바로 그 유명한 '생명을 불어 넣는다'라는 Animation의 어원과 관련된 의미이며 애니메이션의 출발점이다. '움직임'과 더불어 애니메이션에 대한 세계 여러 나라 애니메이션 감독들의 생각을 들어보자.

> 만약 물리적으로 실재하는 것을 보여주는 것이 실사 영화의 역할이라면, 애니메이션 영화는 형이상학적 실존과 관계된다. 즉, 사물이 어떻게 보이는가가 아니라 그것들이 의미하는 바가 무엇인지를 보여주는 것이다.
>
> — 존 할라스(John halas)

> 영화로서 애니메이션의 순수원료는 움직임이다. 이때 조형적 형식은 필연적이다. 왜냐하면 이 형상들 없이는 우리가 움직임을 인지할 수 없기 때문이다. 따라서 움직임을 '어떻게' 보여주느냐는 것이 애니메이션의 궁극적인 목적이다.
>
> — 알렉산더 알렉세이에프(Alexander Alexeieff)

애니메이션은 움직이는 '그림을 다루는' 예술이 아니라, 그려진 움직임을 다루는' 예술이다. 프레임에서 보이는 것보다는 각 프레임들 사이에서 일어나는 작업이 더 중요한 일이다. 따라서 애니메이션은 프레임과 프레임 사이에 있어서 사람들에게 보이지 않는 '틈(사이)'을 조작하는 예술이다. 왜냐하면 바로 여기에서 움직임이 나오기 때문이다. 그리고 이 틈이 바로 그 작품의 뼈이자 살이며 피다. 대신 각 프레임 안에 있는 것은 단지 겉옷일 뿐이다.

– 노만 맥래런(Norman Mclaren)

애니메이션과 관련된 정의들에서 살펴본 바와 같이 애니메이션은 각 필름 프레임의 촬영 사이에 반드시 정지시키는 것으로 이루어진다. 즉, 애니메이션은 종이나 셀 위에 그리든, 입체로 만들든, 컴퓨터로 작업하든, 모두 정지 동작(stop-motion)의 이미지로 나타나는 1차적인 제작과정이 선행된다. 결국 카메라가 필름 프레임마다 정지 하는가 그렇지 않은가에 따라 영화와 애니메이션은 구분된다.

이처럼 애니메이션이란 애니메이션 기법이 주가 된 영화(1프레임/1회)이고, 실사영화란 일반적인 영화 촬영기법(24프레임/1초)이 주로 쓰인 영화를 말한다. 그러므로 애니메이션을 영화의 하나의 장르로 보는 것은 원칙상으로는 잘못된 것이다.

애니메이션은 움직일 수 없는 대상이 생명을 갖는 것이기 때문에, 많은 사람들은 움직임이 계속되는 것을 애니메이션 미학에서 가장 중요한 것으로 간주해왔다. 이러한 특성으로 인해 애니메이션은 인간의 상상력을 비교적 제약 없이 구현할 수 있는 탁월한 시각예술로 꼽는다.

아직도 많은 사람들이 애니메이션이라 하면 셀 애니메이션(디즈니의 장편 애니메이션 <인어공주>, <미녀와 야수> 등이 대표적인 셀 애니메이션이다)을 떠올리는 것이 일반적이지만,

애니메이션의 제작기법은 우리가 상상만 하면 상상대로 이루어질 정도로 그 세계도 광대하
다. 구체적으로 어떤 종류의 애니메이션이 있는 지 알아보자.

클레이 애니메이션으로 제작된 <웰레스와 그로밋>

## 애니메이션의 다양한 제작기법

애니메이션은 기본적으로 다양한 재료를 이용해 구성한 이미지에 조금씩 변화를 주어 촬영함으로써 움직임을 얻는데, 크게 평면 애니메이션(2-dimensional animation)과 입체 애니메이션(3-dimensional animation)으로 구분할 수 있다. 입체 애니메이션은 미니어처 촬영방식과 유사하게 제작된다. 반면 평면 애니메이션은 카메라가 평면상에 전개되는 이미지를 촬영하기 좋도록 렌즈 방향이 수평면을 향하도록 되어있다.

① 평면 애니메이션(2-dimensional animation)

●페이퍼 애니메이션(paper animation) : 애니메이션의 움직임을 표현하는 낱장 그림이 그려지는 대상이 종이이다. 페이퍼 애니메이션은 배경과 움직이는 대상을 하나의 종이에 그려 표현하므로 움직이는 대상뿐만 아니라 배경조차도 미세하게 변화하고 움직인다. 종이 위에 그린 그림 그대로를 직접 촬영하여 애니메이션을 만드는 까닭에 만든 이의 회화성이 자연스럽게 드러나며, 독특한 작가주의 예술 경향을 띠는 경우가 많다. 대표적인 작품으로는 프래드릭 백 감독의 <나무를 심는 사람>이 있다.

●절지 애니메이션(cutout animation) : 표현하고자 하는 대상을 종이나 천으로 제작하고 이것을 조금씩 움직여가며 찍는 애니메이션이다. 즉, 종이 위에 그린 그림을 잘라내어 2차원 평면상에서 한 프레임, 한 프레임 움직이면서 이미지의 운동을 만들어내는 스톱 모션 애니메이션의 한 종류이다. 절지 애니메이션의 대표적인 작품으로는 러시아의 유리 놀슈테인 감독의 <이야기 속의 이야기>가 있다. 중국의 수묵화 애니메이션 또한 절지를 변형한 것으로 터웨이 감

독의 <올챙이 엄마 찾기>가 있다.

● 실루엣 애니메이션(silhouette animation) : 절지 애니메이션의 한 형태로 유리판 위에 오려
낸 캐릭터나 사물을 놓고 밑에서만 조명을 비춰 그림자 형태가 만들어지도록 설정한 후 제작한
다. 대표적인 작품으로는 미셀 오슬로 감독의 <프린스 앤 프린세스>가 대표적인 실루엣 애니메
이션이다.

● 셀 애니메이션(cell animation) : 가장 대중적인 기법으로 화면에서 움직이는 부분(캐릭터
등)을 투명한 셀에 그려 움직이지 않는 부분을 그린 배경 위에 겹쳐놓고 촬영하는 제작방식이
다. 이 방식을 사용하면 제작과정의 분업화, 전문화할 수 있으며 제작 결과물에 대한 예측도
어느 정도 가능하다. TV시리즈물, 장편 애니메이션 작품 등에 많이 이용된다.

● 유리판 위에 그려 찍기(paint-on-glass animation) : 카메라 아래에서 직접 유리판 위에 그림
을 그려가며 프레임 촬영을 하여 만드는 방식이다. 유리판 위에 그림을 그리는 방식과 소재에
따라 페인트 온 글래스 방식은 여러 갈래로 나뉠 수 있다. 대표적인 작품으로 캐롤라인 리프의
<거리>, 알렉산더 페트로프의 <노인과 바다> 등이 있다. 작은 유리구슬로 변화하는 이미지
만들기(이슈 파텔의 <구슬게임>) 등과 같이 작가의 상상력과 재료의 질감에 따라 무궁무진한
기법이 동원될 수 있다.

● 핀 스크린 애니메이션(pin-screen animation) : 수백만 개의 핀들이 미세하고 조밀하게 박힌
판에 이미지를 구성해서 애니메이션을 만든다. 일종의 실험주의 미술에서 사용되던 핀 스크린은
핀을 밀고 당길 수 있기 때문에 그 높낮이에 따라 밀하고 미세한 그림자가 형상을 만들어 주게
된다. 러시아의 알렉산더 알렉세이예프 감독의 <민둥산의 하룻밤>, 자크 드루앵 / 브제티슬라프
포야르 공동제작의 <천사의 시간> 등 주로 동유럽 지역에서 만든 애니메이션에 등장한다.

② **입체 애니메이션**(3-dimensional animation)

● 인형 애니메이션(puppet animation) : 인형 애니메이션은 정교하게 다듬어진 인형 기술과 영화적 메커니즘이 결합하여 발전해 왔다. 사용되는 인형은 기본적으로 자신의 무게를 감당하면서 자유롭게 움직이도록 만들어져야 한다. 디테일이 잘 정돈되어 있어서 360도 회전에도 고유의 특성이 잘 드러나야 한다. 대표 작품으로는 팀 버튼의 <크리스마스이브의 악몽>이 있다.

● 점토 애니메이션(clay animation) : 점토를 이용한 애니메이션은 점토의 독특한 특성 때문에 입체 애니메이션의 제작기법으로 널리 퍼져 있어 '클레이메이션'이라는 별칭으로도 불린다. 우선 점토의 특성으로 꼽히는 것은 변형에 매우 강한 소재라는 점이다. 점토는 우리가 원하는 형태를 오래 지속시켜 줄 뿐만 아니라 변형을 가할 수 있다. 점토로 만들어진 모델은 명확한 형상은 물론, 질감과 무게 표현에도 탁월한 장점을 지니고 있다. 아드만 스튜디오의 <월레스와 그로밋> 시리즈가 있다.

● 오브제 애니메이션(object animation) : 생활 주변에서 쉽게 구할 수 있는 일상적이 물건으로 입체적인 이미지를 구성한 후 프레임(스톱모션) 촬영하여 만드는 애니메이션이다. 오브제로는 문구, 주방기구, 완구나 우유 팩 등 다양하다. 또 인형 혹은 점토 애니메이션과 결합하여 이런 오브제를 촬영할 수도 있다. 체코슬로바키아의 얀 슈반크마이에르 감독이 만든 작품들이 있다.

● 픽실레이션(pixilation animation) : 애니메이션 촬영 소재로 사람 자체를 택할 수도 있다. 이때 사람은 마치 인형과 같은 모델로 인정해야 하다. 애니메이션 제작기법에 다른 영상을 만들기 위해서는 프레임 촬영 시 스톱 모션이 반복되어야하는 동작 포즈를 취해야 하기 때문이다. 일반 극영화의 연기와는 매우 차별되는, 특별하고 재미있는 애니메이션 영상을 얻을 수 있다는 특징이 있다. 이와 같이 이미 생명을 가진 사람이 등장하거나 동물, 혹은 일상사건 등을 프레

임 촬영방식으로 기록하여 만든 애니메이션을 구분하여 픽실레이션이라고 부른다. 노만 맥래런의 <이웃>은 정석에 해당하는 픽실레이션의 한 예이다.

### ● 3D 컴퓨터 애니메이션

현대의 애니메이션은 새로운 테크놀로지를 받아들이면서 점차 세련되고 전문화되고 있다. 그 대표적인 것이 바로 컴퓨터를 이용하여 제작 공정을 자동화하는 3D 컴퓨터 애니메이션이다. 많이 사용되는 3D 소프트웨어는 3D-맥스(3D Studio Max)와 소프트이미지(Soft Image), 마야(Maya) 등이 있다. 그러나 몇 년 전까지만 해도 인간 캐릭터의 움직임을 '살아있는' 것처럼 만든다는 것은 상당히 복잡한 과정이 필요했다. 그래서 <토이 스토리>나 <개미>처럼 인간이 아닌 장난감과 곤충들을 주요 등장인물들로 내세워 그 어려움을 피해가곤 했다. 이를 해결하기 위해 사람 얼굴을 찍은 사진을 수 십 장씩 디지털 하는 방식 등을 거쳐 '모션 캡쳐(motion-capture)' 테크닉이 등장하게 된다. 100% 모션 캡쳐기법으로 만들어진 3D 컴퓨터 애니메이션이 바로 <파이널 환타지>이다. 그 후 3D 컴퓨터 애니메이션은 일반 극영화에서 축적해온 디지털 특수 효과를 위한 영상 기술을 포함하여 <슈렉>, <몬스터 주식회사>, <니모를 찾아서>등이 만들어지면서 3D 컴퓨터 장편 애니메이션의 새로운 장을 열게 된다.

-애니메이션의 다양한 제작기법과 관련해서는
이용배의 『애니메이션의 장르와 역사(살림, 2003)』를 참고

위에 열거한 애니메이션 기법들은 수많은 기법 중의 극히 일부분이다.

고개를 들어 주위를 둘러보라. 혹시 움직이고 싶은 사물이 있는가. 그것이 젓가락이든, 인형이든, 우유팩이든 상관없다. 움직이겠다는 간절한 욕망만 있으면 당신은 움직이지 않는 사물에 '생명'을 불어넣는 '신'의 영역에 뛰어들 수 있을 것이다.

## 2. 애니메이션을 움직이는 상상력, 스토리텔링

애니메이션의 고유한 특성 중의 하나가 움직이지 않는 사물에 움직임을 불어넣어 주는 것이다. 그러나 움직이는 것만으로는 부족하다. 단순히 움직이기만 한다면 그것은 기술이 빚어낸 것에 대한 놀라움뿐이다. '감동'이 빠져버린 '놀라움'은 오래 지속되지 않는다.

그렇다면 감동의 힘은 어디에서 나오는 것일까?

바로 이야기이다. 움직이는 이미지가 놀라움 그 자체로만 끝나지 않기 위해서는 움직이는 이미지에 이야기가 결합되어야 한다. 이야기는 관객들과 소통하기 위한 중요한 요소 중의 하나로 관객들의 정서적 공감을 이끌기 위해서는 일정한 이야기가 요구된다.

그렇다면 어떤 이야기가 애니메이션에 가장 잘 어울리는 이야기일까? 애니메이션에만 어울리는 이야기가 따로 있는 것일까?

애니메이션에 어울리는 이야기는 딱히 '이거다'라고 제한을 두거나 규정할 수는 없다. 오히려 이야기를 표현하는 방법에 어떤 제약도 없기 때문에 이야기의 소재는 그 어떤 예술 장르에 비해 훨씬 더 자유롭고 풍부하다.

다만, 애니메이션에서 일차적으로 고려해야 할 것이 대상과 장르이다. 다른 예술 장르와 다르게 애니메이션은 누구를 위해, 무엇을 위해 만드는가가 중요하다.

또한 애니메이션은 매체의 종류에 따라 이야기의 방식이 다르다. 텔레비전 전용 애니메이션, 극장용 애니메이션, 플래시 애니메이션의 세 가지 구분은 이야기의 차이를 분명히 보여준다.

텔레비전용 애니메이션의 경우, 13부작 혹은 26부작 시리즈물로 제작되기 때문에 사건의 반복과 인물의 확장이 이야기 구성의 기본 틀을 이룬다. 이는 일주일에 한두 번 일정한 시간대에 고정적으로 방영되는 방송의 특성상, 시청자들을 텔레비전 앞으로 끌어들이기 위해서는

계속해서 이야기가 생산될 수 있는 여지를 두어야 하기 때문이다. 즉, 고정적인 팬을 유지하고, 고정적으로 보게 만드는 이야기 구성은 텔레비전 애니메이션의 기본이다. 대표적인 작품으로 <포켓 몬스터>, <세일러 문>과 한국의 창작 텔레비전용 애니메이션인 <달려라 하니>, <아기공룡 둘리> 등이 있다.

반면 극장용(장편) 애니메이션에서 가장 중심이 되는 것은 전체 서사의 탄탄한 구성력이다. 시리즈물로 방영되는 텔레비전용과는 달리 일정한 시간(90~120분) 안에 이야기를 완성시켜야 하기 때문이다. 이에 극장용(장편) 애니메이션은 형식면에 있어서는 시리즈물보다 이야기의 전개방식이 보다 복잡하게 설정되고, 내용면에 있어서는 스토리가 모든 이들에게 보편적인 공감대를 형성할 만한 소재와 테마를 가장 중심에 두고 고민한다. 대표적인 작품으로 <니모를 찾아서>, <슈렉> 등이 있다.

잃어버린 아들 니모를 찾아 긴 모험을 떠나는 장편 애니메이션 <니모를 찾아서> 중에서

일명 '엽기 토끼'로 대중들의 사랑을 받은 플래시
애니메이션 <마시마로> 중에서

마지막으로 웹 애니메이션의 한 종류인 플래시 애니메이션이다. 플래시 애니메이션은 인터넷에서 활발해지면서 애니메이션의 영역을 다양하게 확장시킨 매체라고 할 수 있다. 짧은 시간에 서사를 진행시키고 끝내야 하는 특성상, 거의 후반부의 반전 형식과 패러디 형식이 주를 이루고 있다. 플래시 애니메이션의 대표적인 작품으로 <마시마로>가 있다.

## 3. 대중성과 작품성, 두 얼굴을 가진 애니메이션

아직도 대부분의 사람들이 애니메이션은 '캐릭터만 예쁘면 된다'라든가 '이야기만 재밌으면 된다'라든가 '어린애들이나 보는 것'이라는 편견을 갖고 있다. 그러나 애니메이션은 오락적 요소만 있는 것이 아니다. 만일 이러한 오락적 요소만 강조된다면 애니메이션은 인간에게 감동을 주는 '예술'이 아니라, 쾌락만 남는 '오락'이 될 것이다.

애니메이션은 유희적 측면과 더불어 반성이라는 얼굴을 동시에 갖고 있다. 관객들은 작품을 볼 때 개인적인 즐거움을 느끼며, 동시에 그 작품이 주는 충격에 의해 자신의 삶을 반성한다. 쾌락과 반성은 좋은 관람의 안과 밖을 이룬다. 그 어느 한 편만을 주장한다는 것은 작품을 억지로 토막 내는 것에 지나지 않는다.

이에 본장에서는 일반 대중들에게 작품성과 대중성에서 모두 인정받은 장편 애니메이션과 비상업적이지만 작가의 주관성과 실험의식이 보다 강하게 나타나는 단편 애니메이션을 선정, 관객들에게 유희로서의 즐거움과 삶을 반성하고 생각하게 해주는 애니메이션을 살펴보도록 하겠다.

### (1) 장편 애니메이션의 출발, 월트 디즈니의 〈백설공주와 일곱 난장이〉

애니메이션이 예술의 한 장르로 탄생될 때부터 지금까지 세계의 애니메이션을 이끌어 온 나라는 미국이다. 그 중에서도 월트 디즈니(Walt Disney)는 애니메이션 역사가 시작된 이래 지금까지 가장 화려한 업적을 남긴 사람이다. 지금의 애니메이션 제작기술과 작품형식, 내용도 거의 디즈니 스튜디오에서 이루어진 것이라 해도 과언이 아니다.

1937년에 제작 완료한 디즈니 스튜디오의 최초의 컬러 장편 애니메이션 <백설공주와 일곱 난장이(Snow White and the Seven Dwarfs)>(1937)를 시작으로 지금도 디즈니에서 제작되는 장편 애니메이션은 할리우드의 실사 영화사들을 제치고 최고의 흥행기록을 하고 있다. 이것은 그가 얼마나 강력한 애니메이션 왕국을 이룩해 놓았는가를 보여주는 실례이다.

<백설공주와 일곱 난장이>의 성공으로 디즈니는 계속 장편 애니메이션 제작에 착수, 멀티 플랜 기법을 최대한 사용한 <피노키오(Pinocchio)>(1940), 클래식 음악을 애니메이션화한 <판타지아(Fantasia)>(1940), 리얼리즘의 동화라고 부르는 <밤비(Bambi)>(1942)를 비롯하여 1991년 아카데미 사상 최초로 애니메이션이 작품상 마지막 후보 5개 작품 중에 오른 <미녀와 야수(Beauty and Beast)>(1991), 전 세계인들로부터 2억 1천 7백만 달러를 벌어들인 <알라딘(Aladdin)>(1992), 그리고 동화나 문학작품이 아닌 최초의 창작물로 제작, 아프리카 벌판의 배경을 대담하고 화려한 색채로 묘사하여 아름다운 영상의 극치를 보여준 <라이온 킹(Lion King)>(1994)과 <포카혼타스(Poccahontas)>(1995), <뮬란(Mulan)>(1998), <타잔(Tarzan)>(1999), <브라더 베어(Brother Bear)>(2004)에 이르기까지 그 작품은 헤아릴 수 없이 많다.

월트 디즈니 스튜디오가 만든 장편 애니메이션의 매력이 과연 무엇이기에 전 세계인들이 디즈니 애니메이션에 열광하는 것인가.

몇몇 소수의 인력으로 만들어지는 단편 애니메이션과 달리 장편 애니메이션은 수많은 사람과 시간, 그리고 자본을 필요로 한다. 뿐만 아니라 대중의 주의를 끌기 위해서는 그 표현 방식과 극적인 분위기와 스토리의 구성도 달리해야 한다.

월트 디즈니 최초의 칼라 장편 애니메이션 <백설공주와 일곱 난장이> 중에서

장편 애니메이션은 실사 영화와는 완전히 다른 형식을 요구하는 특별한 형태의 매체이다. 가장 성공적인 형태 중의 하나가 대중들이 좋아할 만한 캐릭터 창조와 누구에게나 익숙한 옛날이야기와 민간설화를 새로운 형태로 재창조하는 것이다.

그리고 이러한 요소들을 애니메이션의 특성과 조화시켜 만든 것이 바로 디즈니의 최초 장편 애니메이션 <백설공주와 일곱 난장이>이다. 이 작품은 굉장히 많은 예술가들과 기술진, 그리고 제작 스태프진의 작업으로 3년 만에 완성되었다. 이전의 장편이 모두 흑백으로 제작되었다면 <백설공주와 일곱 난장이>는 컬러 화면과 훌륭한 음악을 사용한 정교한 음향 처리, 캐릭터의 완전한 음성, 그리고 스토리 구성에서 고도의 전문적 기법이 돋보인 작품이었다. <백설공주와 일곱 난장이>의 중요한 성과물을 살펴보면 다음과 같다.

첫째, 이 작품은 장편이 갖추어야 할 요소들을 가미하여 새로운 형태로 제작된 애니메이션 뮤지컬이다. 이후 디즈니 애니메이션의 모든 작품들이 춤과 노래, 그리고 아름다운 율동은 절대적인 요소가 되어 관객들을 사로잡았을 뿐만 아니라, 실사 영화처럼 애니메이션도 작품성과 흥행성에서 성공할 수 있다는 가능성을 입증한 애니메이션이다.

둘째, 이 작품은 캐릭터의 성공과 애니메이터들의 상상력이 그대로 발휘되었다. 본격적인 인간 캐릭터로 주인공들을 매력적이고 아름답게 설정했으며 실사 영화와 같은 동작을 넣어 리얼리티를 추구했다. 그 중에서도 동화인 원작에는 구체적으로 묘사되지 않는 '일곱 난장이'들의 개성적인 캐릭터는 실사 영화의 배우를 능가한다.

셋째, 애니메이션의 주요한 기법 중의 하나인 과장과 정교한 리얼리티의 조화이다. <백설공주와 일곱 난장이>가 처음 대중에게 공개되었을 때, 여왕이 마녀로 변하는 것을 본 어린이

들이 크게 놀라게 만들 정도였다고 한다. 스크린을 덮칠 듯이 등장하는 마녀는 완벽한 마녀의 모습을 하고 있었고, 마녀의 무시무시한 힘은 애니메이션의 뛰어난 기교를 통해 공포의 대상이 된 것이다. 즉, 인물의 움직이는 모습은 완벽할 정도로 현실의 리얼리티를 따르되, 관객들의 몰입과 관심을 끌기 위한 애니메이션 특유의 과장 기법이 적절하게 잘 표현된 것이다.

### (2) 작가 의식과 대중성의 공존, 미야자키 하야오의 〈바람 계곡의 나우시카〉

미야자키 하야오는 국내 애니메이션 관객들에게 가장 사랑받는 감독 중의 한 사람이다. 미야자키 하야오의 이러한 힘은 어디에서 오는 것인가. 무엇보다 미야자키 하야오의 작품에는 일관된 테마의식과 이를 표현하는 놀라운 상상력에 기반을 둔다.

〈미래소년 코난〉(1978), 〈바람 계곡의 나우시카〉(1984), 〈천공의 성 라퓨타〉(1986), 〈원령공주〉(1998)가 파괴된 환경과 인간의 탐욕이라는 사회 비판적인 내용을 이루고 있다면, 〈이웃의 토토로〉(1988), 〈우편배달부 마녀 키키〉(1989)는 잃어버린 동심과 자연에 대한 판타지, 그리고 어린아이에서 어른으로 성장해가는 과정을 그린 성장담 등으로 구분할 수 있다.

특히 〈바람 계곡의 나우시카〉와 〈천공의 성 라퓨타〉 그리고 〈원령공주〉는 자연에 대한 경외와 이를 파괴하는 인간의 탐욕을 냉철한 시각으로 비판하되, 자연이 주는 아름다움을 애니메이션적 상상력으로 보여준 작품이라 할 수 있다.

〈바람 계곡의 나우시카〉는 산업문명으로 인해 멸망한 지구를 구원한 것은, 인간이 파괴한 대지를 스스로 정화하기 위해 탄생한 '부해'라는 것을 알게 된 주인공(나우시카)이 자신의 몸을 던져 '바람 계곡'을 구한다는 내용으로, 자연의 아름다운 세계와 이를 파괴하는 인간에 대한 욕망을 경고하는 작품이다.

인간에 의해 파괴된 자연이 스스로를 복원시키는 재생의 비밀을 알아낸 주인공 '나우시카'는 기존의 나약한 여성캐릭터에서 벗어나, 자연을 파괴하려는 인간에 맞서 싸우는 강한 여성 캐릭터로 창조된다. 나아가 자연의 순리에 따라 살아가는 공동체를 그려냄으로써, 감독이 꿈꾸는 이상향을 일관되게 표현하고 있다.

그러나 아무리 작품의 주제와 내용이 훌륭하다 할지라도 이를 보는 관객들에게 정서적인 울림과 감동을 주지 못한다면 그것은 성공한 작품이라 할 수 없다. 미야자키 하야오의 작품이 많은 사람들에게 깊은 감동으로 와 닿는 것은 감독이 전하고자 하는 주제의식을 애니메이션만이 표현 가능한 아름다운 영상으로 탄생시켰기에 가능한 것이다. 미야자키 하야오 작품의 완성도와 대중성의 성공 요인을 알아보도록 하자.

### ❶ 환상 같은 현실, 현실 같은 환상

미야자키 하야오의 작품은 현실에는 존재하지 않는, 그러나 언젠가 존재했을 것만 같은, 혹은 지금도 어딘가에 존재할 것 같은 묘한 환상과 현실 사이에 위치해 있다. 또한 과거와 현재 그리고 미래를 자유롭게 교차한다. 나우시카가 사는 공동체 마을은 마치 중세 시대를 그대로 옮겨온 듯한 자연 환경과 인물들의 복장, 습관들을 보여주는 한편, 작품에서 설정한 시간적 배경은 지구가 멸망한 이후의 미래사회이다.

자연에 대한 경외와 이를 파괴하는 인
간의 탐욕을 냉철한 시각으로 그린
<바람 계곡의 나우시카> 중에서

특히 과거·현재·미래를 공존시킴으로써 현실에 대한 반성적 검증을 유도한다. 일직선적인 시간의 흐름이 아닌, 동시다발적으로 혼재하는 배경과 상황 설정 등이 바로 그것이다. 주인공들이 갖고 다니는 활이나 창 등의 무기에 의한 과거성이나, 최첨단 무기, 첨단 컴퓨터나 구조물이 보여주는 미래성, 대화나 실생활이나 사고방식에서 보여지는 현재성 등은 실제 현실과는 분명히 다른 세계이다.

그러나 이런 설정은 우리에게 익숙한 모티브를 제시하면서도 그것이 낯설게 느껴지게 하는 기능을 한다. 그 낯선 충격으로 인해, 희미하나마 우리에게 잠재되어 있는 과거·현재·미래의 기시감(旣視感)이나 미시감(未視感)을 일깨우게 하는 것이다. 그리고 이를 통해 우리에게 잊혀졌던 세계를 복원시킨다. 미야자키 하야오는 시공간을 넘나들며 환상을 보여주는 듯하지만, 결국은 현실을 이야기하는 것이다.

**❷ 초인의 모습에서 자연과 소통하는 인간의 모습으로**

미야자키 하야오의 작품에 등장하는 대부분의 주인공은 자연적 감성이 뛰어나고 동물과 식물 등의 정신적인 교감을 나눌 수 있는 능력을 갖고 있다. '나우시카' 역시 고대의 영웅 신화에서 차용한 인물이지만, 영웅의 초인간적인 능력이 아닌, 자연과 교감할 수 있는 능력만 부여된다. 여기서 미야자키 하야오의 자연주의 세계관, 즉 인간과 자연의 상생(相生)이라는 테마가 일관되게 흐르고 있음을 알 수 있다.

또한 디즈니 애니메이션에 등장하는 동물들이 인간처럼 말하고 행동하는 인물들로 의인화되었다면 미야자키 하야오 작품에 등장하는 동물과 식물들은 사실적인 동물들로 표현, 작품의 리얼리티를 훨씬 더 강화하고 있다. 이는 의인화된 자연을 다시 자연으로 돌려보냄으로써, 인간이 있는 그대로의 자연과 어떻게 의사소통 할 수 있는가 라는 감독의 세계관을 반영한다 할 것이다.

**❸ 동·서양의 신화적 상상력의 공유**

미야자키 하야오의 작품에는 서양의 신화적 상상력과 더불어 자국의 전통적인 신화적 상상력을 바탕으로 하고 있다. 이러한 세계관은 작품의 배경 이미지와 캐릭터, 소품에 이르기까지 다양하게 펼쳐진다. 실례로 '나우시카'라는 여주인공의 이름은 원래 그리스 신화에 등장하는 신의 이름이다. 파이아케스인 왕국의 공주로서 세속적인 행복보다 자연과 노래를 즐기는 것을 좋아하는 '나우시카'의 성격이 애니메이션 <바람 계곡의 나우시카>의 주인공에 그대로 스며들고 있는 것이다.

또한 일본의 전통적인 이야기인 '벌레를 사랑하는 귀족의 딸'에서 여주인공이 벌레와 소통한다는 모티브를 갖고 와 나우시카가 곤충이나 동물들과 자연스럽게 교감한다는 것으로 이어진다. 이처럼 미야자키 하야오 작품에는 동서양인들이 모두 공감할 수 있는 정서와 이야기로 감동과 메시지를 전달하고 있다.

## (3) 다양한 미학적 성취와 상상력의 꽃, 단편 애니메이션

애니메이션의 역사는 크게 단편 애니메이션과 장편 애니메이션이라는 두 가지 방향으로 발전되어 왔다. 이 구분은 시간 단위의 형식적 구분으로 30분 미만의 상영 길이를 가진 영화를 단편 애니메이션, 1시간 이상의 상영 길이로 일반적인 내러티브와 형식을 갖춘 영화를 장편 애니메이션이라 한다. 그러나 그 차이는 상영 길이의 차이만이 아니라 다양한 경향과 형식적 구분을 포괄하고 있다.

무엇보다 개인 또는 소규모의 인원이 모여 제작하는 단편 애니메이션은 순수한 형식 실험 형식에서부터 사회 비판적 메시지를 강하게 띄는 다양한 경향과 미학적 실천들을 하고 있다. 대표적인 단편 애니메이션의 작품과 감독들을 살펴보면 다음과 같다.

**❶ 듣는 음악에서 보는 음악으로, 노만 맥래런(Norman Mclaren)**

노만 맥래런은 음악적 본질을 시각화하는데 역점을 둔 대표적인 감독이다. 특히 그는 음악 그리고 사운드트랙과 영상의 관계에 매료, 색채보다는 움직임에 중점을 두고 있다. 그의 많은 영화 속에서 색채는 단지 감정적인 효과를 이끌어내는 역할을 하고 있다. 1957년에 제작된 <회색 병아리>에서 동작은 극도로 미묘한 색채의 음영에 의존하는 연속적인 디졸브와 점차로 누적되는 파스텔 드로잉에 의해 진행된다. 또한 <의자 이야기>(1957)는 사물에 생명을 불어넣어 살아 움직이는 사물의 모습을 보여준 영화로 애니메이션 계를 깜짝 놀라게 했다.

**❷ 세상을 움직이는 메타모포시스의 힘, 프레드릭 백(Frederic Back)**

캐나다에서 활동하는 세계적인 애니메이션 감독 프레드릭 백은 반투명 셀에 색연필 기법과 유럽 인상파의 회화적 화풍과 메타모포시스 기법으로 자연에 대한 경외감과 인간 내면의 자유로운 시적 정서를 탁월하게 표현해내는 작가로, 대표

자연의 소중함과 시적 정서를 아름답게 표현한
<나무를 심는 사람> 중에서

적인 작품으로는 <의자>(1981), <나무를 심는 사람>(1987), <위대한 강>(1993) 등이 있다.

현실을 향한 적극적인 주제 의식과 회화적으로 풍부한 화면 구성 그리고 메타모포시스라는 애니메이션만의 독특한 기법을 적극적으로 활용한 프레드릭 백은 많은 애니메이션 작가들 가운데서 매우 독특한 스타일을 유지하는 20세기의 대표적인 작가이다.

메타모포시스란 A라는 대상에서 B라는 대상으로 형상을 변화시키기 위해 사용된 장면 전환기법으로 애니메이션만의 독특한 표현 기법이다. 대표적으로 1978년 작인 <투 리앙>과 <위대한 강>에서 메타모포시스의 특징이 뚜렷하게 나타나고 있다. 또한 그는 작품 전편에 자연 파괴에 대한 반성과 인간과 자연에 대한 애정을 그대로 담고 있다. 특히 오염된 강과 자연의 회복이라는 주제를 다큐멘터리적인 어법으로 풀어낸 <위대한 강>은 이러한 주제의식이 잘 드러난 작품이다.

### ❸ 주관적 체험에서 보편적인 체험으로의 공유, 유리 놀스테인 (Yuri Norstein)

'자장자장 착한 아가야 / 착한 아가 잠들지 않으면 / 늑대가 찾아와서 / 배를 물고 데려가요 / 숲 속으로 데려가요'라는 러시아의 민요를 모티브로 전쟁에 대한 기억들을 몽타주 기법을 통해 보여주면서 일상의 중요함을 표현한 유리 놀스테인의 <이야기 속의 이야기(Skazka Skazok)>(1979)는 세계 애니메이션 역사상 뛰어난 작품 중의 하나로 꼽히고 있다.

러시아 애니메이션 감독,
유리 놀슈테인

종이 위에 그린 그림을 잘라내어 2차 평면상에서 한 프레임, 한 프레임 움직이면서 이미지의 운동을 만들어 내는 컷 아웃 애니메이션으로 만든 이 작품은 어린 아이의 순수함과 과거에 대한 향수, 전쟁의 참혹함, 평화에 대한 갈망에 이르는 광대한 주제를 표현해내고 있다.

이야기 전달에는 다소 어려움을 주지만 시적인 상징성과 함축적인 이야기를 통한 이미지 전달과 작가 자신의 개인적 경험이 주관적인 상태로만 머물지 않고 모든 이들의 보편적인 내면으로 확장시키는데 성공한 작품이다.

-단편 애니메이션과 관련해서는
김준양의 『애니메이션, 이미지의 연금술』(한나래, 2002)를 참고.

### 세계의 애니메이션 감독들

| 감독 | 애니메이션 작품 |
| --- | --- |
| 척 존스(Chuck Jones) | <톰과 제리>, <유령 톨게이트> |
| 존 허블리와 페이스 허블리<br>(John Hubley & Faith Hubley) | <문버드(Moon bird, 1960)>, <구멍(The hole, 1962)>, <바람 부는 날(Windy Day, 1968)> |
| 캐롤라인 리프(Caroline Leaf) | 모래를 이용한 애니메이션 <거위와 결혼한 올빼미(The Owl who Married a Goose, 1974)>, 메타모포시스 기법을 이용한 인간 무의식의 세계를 그린 <잠자 씨의 변신(Metamorphosis of Mr.Samsa, 1977)> 등이 있다. |
| 이슈 파텔(Ishu Patel) | <구슬게임(Bead Game, 1977)>, <사후의 세계(Afterlife, 1978)>, <패러다이스(Paradies, 1985)> |
| 가와모토기하지로(川本喜八朗) | 인형 애니메이션 <어느 시인의 인생(A Poet's Life, 1974)>, <화택(House of Flame, 1979)> |
| 두산부코티치(Dusan Vukotic) | 영국영화아카데미가 선정한 1960년 최고의 애니메이션 <피콜로(Piccolo, 1959)>, 1961년 오스카상을 수상한 <대용물(Ersatz, 1961)>, 실사와 애니메이션을 합성하여 두 어린이들 사이의 격렬한 싸움을 다룬 <놀이(Play, 1962)> 등이 있다. |

| 감독 | 애니메이션  작품 |
|---|---|
| 존 할라스(John Halas) | 영국 최초의 장편 애니메이션 <동물농장>, 최초의 만화 오페라 <루디고어(Ruddigore, 1964)> 등이 있다. |
| 알렉산드르 알렉세이에프<br>(Alexandre Alexeieff) | 최초의 핀 스크린 애니메이션 <민둥산의 밤(Night on Bare Mountain(1933)>, 코를 잃어버린 어떤 남자에 관한 고골리의 소설을 원작으로 한 <코(The Nose, 1963)> 등이 있다. |
| 이지 트릉카(Jiri Trnka) | 장편 인형 애니메이션 <황제의 나이팅게일(The Emperor's Nightingale, 1948)>, 창조적인 예술가의 자유에 대한 갈망을 풍부한 상상력으로 그린 <손(The hand, 1965)> 등이 있다. |
| 이반 이바노프-바노<br>(Ivan Ivanov-vano) | 차이코프스키의 음악을 소재로 러시아 풍경을 풍부한 상상력과 색채 감각으로 표현한 <사계절(The Seasons, 1970)>, 전통 오페라를 원작으로 뛰어난 디자인 감각을 보여준 <케르체네츠의 전투(The Battle of Kerchenetz, 1971)> 등이 있다. |

앙숙 관계인 쥐와 고양이를 극대화된 과장으로 표현한 <톰과 제리> 중에서

## 4. 겹치기 출연을 하지 않는 성실한 배우, 애니메이션 캐릭터

애니메이션은 존재하는 인물을 캐스팅하는 것이 아니라 직접 '그려야' 한다. 즉, 세상에 존재하지 않는 배우를 새롭게 '창조' 하는 특성을 갖고 있다. 이는 세계 유일의 배우, 개성적인 인물의 창조를 의미하며, 그렇게 탄생한 배우는 오로지 한 작품을 위해 태어나고 그 작품 안에서 영원한 삶을 누린다.

이러한 특성은 이야기의 발상과 그 상상력이 영화나 소설과 다르다는 것과도 연결된다. 애니메이션은 현실세계를 배경으로 한다 할지라도 이를 다르게 변형시킬 뿐만 아니라, 그 상상력을 극대화할 수 있고 극대화 했을 때만이 애니메이션의 특성을 최대한 발휘할 수 있기 때문이다.

예를 들어 애니메이션 <추억은 방울방울>(1990)에서 여주인공은 자신이 짝사랑하는 소년이 자신을 좋아하고 있다는 사실을 알고 기분이 좋아져 새처럼 하늘로 두둥실 떠올라 날아간다. 또한 <센과 치히로의 행방불명>(2002)에서는 치히로의 입이 자크처럼 잠기기도 한다. '하늘을 날듯이 기쁜 마음'과 '입을 자크로 잠그다'라는 관용적인 표현이 그대로 재현되는 것, 그것이 바로 애니메이션만이 표현할 수 있는 독특한 매력이며, 극대화된 상상력으로 이야기를 만들어갈 수 있다는 것이 중요한 특성 중의 하나이다.

현실에서는 사람이 하늘을 날거나 입을 자크로 닫는 것이 절대 불가능한 일이지만, 애니메이션에서는 충분히 가능하다. 문제는 이러한 상상력이 이야기의 흐름이나 이미지의 연결 과정에서 자연스럽게 표현되느냐에 달려 있다.

일본의 신화적 상상력을 바탕으로 만
든 <센과 치히로의 행방불명> 중에서

　특히 애니메이션에 등장하는 인물의 변형된 이미지와 과장된 표현이 작품의 분위기와 맞지 않거나 작품에 자연스럽게 스며들지 못한다면 작품 몰입을 방해하는 결과를 낳는다. 애니메이션은 아무리 실재와 똑같이 표현한다 할지라도 절대로 현실의 실재일 수 없다. 탁월한 솜씨를 가진 애니메이터가 현실에 존재하는 사람이나 동물 혹은 사물을 똑같이 그려 거기에 움직임을 부여한다 할지라도 그것은 절대 실재일 수 없는 것이다.
　그렇다면 애니메이션의 인물에 대한 몰입은 어떻게 가능한가.

그것은 무엇보다 오랜 세월 동안 시각 효과에 대해 얻어진 경험과 그림, 혹은 인형이나 그 밖의 사물로 대체화된 것을 기꺼이 받아들이게 되는 관객의 자발성에서 비롯된다. 이에 애니메이션에 등장하는 인물의 외형이 아무리 현실의 인물과 다른 모습이라 할지라도 관객은 자신의 경험 수준에서 충분히 이해할 수 있다.

결국 애니메이션의 등장인물을 형상화하는데 있어 가장 중요한 것은 현실의 인물을 그대로 묘사하는 것이 아니라, 개연성 있는 인물과 적확한 인물 묘사에 있다. 이는 한 편의 애니메이션을 보고 관객이 감동받는 것은 멋진 배경이나 주인공의 화려한 외모에서 오는 것이 아니라,  우리의 삶과 밀착된 인물로부터 기인하기 때문이다.

애니메이션에 있어서 인물의 독창성은 '과장'과 '변형' 그리고 '개성'이 중심 요소로 작용한다는 것은 정석처럼 내려온 정의이다. 그러나 이 정의가 가능하기 위해서는 누구나가 머리에 그  릴 수 있는, 일반적인 개념 안에 살아있는 보편적 인물이라는 것이 전제되어야 한다. 예를 들어 캐릭터의 다양함과 그 개성화의 형상화에 성공한 애니메이션 <개구장이 스머프>(1981)가 그 대표적인 작품이다. 이 애니메이션은 버섯 숲에 사는 파란 난장이들의 다양한 캐릭터들에 의해 에피소드가 진행된다.  파파 스머프, 똘똘이 스머프, 주책이 스머프 등 현실 세계가 아닌 상상의 공간과 파란색 난장이라는 상상의 인물들이 이야기를 끌고 가지만 전혀 낯설지 않다. 비

애니메이션 <스머프> 중에서

록 우리가 현실에서 만날 수 없는 '파란색 난장이'들이지만 모습과 형태만 인간과 다를 뿐, 캐릭터들의 성격이나 행동 등은 관객들이 일상적으로 볼 수 있는 인간의 보편화된 성격들을 형상화했기 때문이다.

애니메이션에 있어 독창적인 인물이라 누구나 공감할 수 있는, 보편적 인물의 내면에서 우러나오는 개성이다. 이것이 전제되었을 때, 그 인물이 겪는 서사적 갈등과 전개는 이해 가능한 보편적 공감으로 얻어질 수 있다.

# 5. 세계 애니메이션과 함께 하는 한국 애니메이션

한국 최초의 장편 애니메이션 신동헌 감독의 <홍길동> 중에서

현재 공식적으로 확인된 한국 최초의 애니메이션은 1956년 HLKZ-TV(KBS전신)에서 방영된 '럭키치약 CF'다. 그 후 CF의 백미로 꼽히는 신동헌 감독의 '진로소주' 광고가 1960년 3월 극장에서 최초로 상영되었으며, 1967년 한국 최초의 장편 애니메이션인 <홍길동>이 신동헌 감독에 의해 만들어지게 된다.

<홍길동>은 한국 애니메이션사에 길이 남을 여러 가지 의미를 지니고 있다. 무엇보다 장편 애니메이션 제작이 전혀 없던 환경 속에서 처음 시도된 장편이라는 것과 그 해 한국영화 흥행 2위에 오르는 등, 대중성에서도 큰 성과를 이룬 작품이다. 또한 이 작품에 참여했던 애니메이터들이 꾸준히 애니메이션 제작을 계속하게 되는 등 한국 애니메이션을 이끌어나가는 원동력이 되었다.

그리고 1990년대에 이르러 한국 장편 애니메이션은 새로운 전성기를 맞이하게 된다. 1994년 전국 50개 극장에서 동시 개봉되었던 <블루시걸>(1994)을 시작으로 <붉은 매>(1995), <돌아온 영웅 홍길동>(1995), <아기공룡 둘리>(1996)를 거쳐 2002년의 <마리 이야기>에 이르기까지 한국 장편 애니메이션은 양적으로 풍부한 결과물을 내놓는다. 뿐만 아니라 2002년과 2004년에는 세계 4대 애니메이션 페스티벌 중의 하나인 프랑스 앙시 영화제에서 <마리

이야기>와 <오세암>(2003)이 연이어 대
상을 받는 등 한국 애니메이션은 새로운 도
약기를 맞이한다.

　특히 <아기공룡 둘리>는 흥미진진하고
재치 있는 이야기와 다양하고 매력적인 캐
릭터 창조에 성공함으로써 한국 장편 애니
메이션의　성공　가능성을　보여주었으며,
<마리 이야기>는 화가의 그림처럼 아름다
운 색감과 실사 영화 이상의 섬세하고 정교
한 조명, 그리고 '마리'라는 환상적인 인물
묘사 등을 통해 남다른 완성도를 보여주었
다. <오세암> 역시 한국의 전통 설화에서

한국 애니메이션 캐릭터 중에서 많은 사랑을 받는 <아기공룡
둘리> 중에서

이야기를 갖고 와 서구 애니메이션에서는 느낄 수 없는 동양적인 정취와 주인공 '길손'이 넘
나드는 삶과 죽음이라는 철학적 고뇌를 담아냄으로써, 한국적인 애니메이션의 선례를 만들어
낸다.

　그러나 몇몇 작품을 제외하고는 애니메이션 창작을 위한 충분한 준비단계를 거치지 못함
에 따라 대부분의 작품들이 뚜렷한 성과를 내놓지 못하고 만다. 왜일까? 왜 한국 애니메이션
이 관객들에게 큰 호응을 받지 못한 것인가? 잠시 세계 애니메이션의 초기 역사를 살펴보자.

　전 세계적으로 애니메이션이 대중들에게 알려지기 시작한 초창기만 하더라도 소수의 제작

진에 의해 만들어졌다. 그러나 영화산업이 성장해가자 제작은 훨씬 더 복잡해지고 감독을 비롯한 다양한 창작자들이 그들의 작품에 대해서 창의적인 통제를 유지하기 점점 어려워졌다. 좀 더 큰 대규모 제작단과 노동의 분업은 애니메이션 산업을 좀 더 효율적이고 수익성 높은 기업으로 만드는데 핵심이 된 것이다. 그리하여 영화 산업에 관련된 창작자들은 이윤을 남겨야 하는 기업의 한계 속에서 작가의 예술성을 담아야 하는 딜레마에 처하게 되고, 이러한 딜레마는 지금까지도 이어지고 있다.

그러나 '애니메이션이 성공을 거두려면 예술가인 동시에 기술자인 양면의 자질을 갖고 있지 않으면 안 된다'라는 존 할라스의 말처럼 산업과 예술은 선택의 문제도 아니거니와, 이들로부터 자유로울 수도 없다. 분명한 것은 애니메이션은 하나의 예술 형식으로서 자신의 고유한 미적 세계를 갖고 있는 문화 산물이라는 것이다. 이는 당연하게도 애니메이션이 공장에서 물건을 만들어내는 공산품이 아니라 인간의 창조적인 창작 활동을 통해 만들어내는 정신적 결과물로써, 산업적 이윤은 바로 이 결과물의 완성도에 의해 얻어지는 2차적 부산물이기 때문이다. 즉, 애니메이션은 관객들에게 정서적 감동을 줄 수 있는 '작품'으로 존재할 때 산업적인 가치도 성취할 수 있는 것이다.

지금까지 한국 애니메이션은 작품의 미적 세계에 대한 가치판단보다는 기술적 테크닉과 시각적 유희에만 집중해왔다. 2003년, 150억이라는 제작비와 7년이라는 제작 기간으로 국내 애니메이션계의 기대를 한 몸에 받은 <원더풀 데이즈>(2003)가 그 안타까운 작품이라 할 것이다. 물론 이 작품은 2D와 3D, 미니어처 촬영과 실사 촬영을 디지털로 손질해 합성하는 방식을 통해 '국내 애니메이션은 제작 능력이 떨어진다'라는 불신을 해소시키는 데 성공한다.

그러나 과연 애니메이션이 정교한 제작기술과 멋진 그림솜씨로만 가능한 것인가?

애니메이션을 보기 위해 극장을 찾는 관객들은 전시장에 걸린 멋진 그림을 보러가는 관람객이 아니다. 관객들은 이야기를 매개로 한 움직이는 영상 속의 또 다른 이야기를 듣고 싶어한다. 관객들이나 창작자에게 중요한 것은 애니메이션이라는 하나의 작품을 통해 '감동'을 주고받는 것에 있다. 그러나 그 '감동'은 1990년대 들어 한국 애니메이션계가 열정적으로 쏟아부은 고도화된 기술이나 아름다운 이미지만으로는 불가능하다. 아름다운 이미지에 '삶'을 심어줄 수 있는 이야기가 존재할 때 가능한 것이다.

환상적인 캐릭터 '마리'를 주인공으로 한 <마리 이야기> 중에서

예술작품은 감각이나 상상력을 통한 우리의 지각을 전제로 창조된 하나의 표현적 형식이며, 그것이 표현하는 것은 인간 감정이다. 애니메이션 역시 '인간'에 대한 이야기이며 사람 안으로 깊이 파고 들어가 내밀한 시각을 발견해내고 세계에 대한 자신의 해석을 표현해낼 때 진정한 가치를 발휘할 수 있다.

애니메이션은 '예술가인 동시에 기술자인 양면의 자질'을 요구하는 장르이다. 그리고 그 기술력이 빛을 발할 수 있는 동력은 바로 사람의 마음을 움직이는 예술적 역량에 달려있음을 잊지 말아야 할 것이다.

## 한국의 텔레비전 애니메이션

<아기공룡 둘리>(1988), <달려라 하니>(1988), <머털도사>(1989), <날아라 슈퍼보드>(1990)

한국의 TV 애니메이션은 88 서울올림픽을 앞두고 KBS, MBC가 처음으로 애니메이션을 자체 제작하게 된다. 그 첫 작품이 1987년에 방영한 이현세 원작의 <떠돌이 까치(KBS)>와 올림픽 마스코트였던 호돌이를 주인공으로 한 <달려라 호돌이(MBC)>다. <떠돌이 까치>는 80분짜리 장편으로 엮은 특집물이었고 <달려라 호돌이>는 매주 10분씩 방영하는 올림픽 캠페인 성격의 시리즈물이었다.

이를 계기로 한국 TV 애니메이션은 활력을 얻기 시작하면서 <아기공룡 둘리>, <달려라 하니>, <머털도사와 또매>, <날아라 슈퍼보드> 등이 연이어 제작된다. 특히 <아기공룡 둘리>는 한국에서 가장 성공한 캐릭터라고 불릴 정도로 많은 사람들에게 큰 호응을 받은 작품이다. 1988년에 애니메이션으로 제작되어 KBS 신년 특집으로 방영되었으며 1996년에는 장편 애니메

이션으로까지 제작되어 많은 사람들의 사랑을 받게 된다.

1988년부터 TV시리즈로 방영된 <달려라 하니>는 주인공 하니가 육상 선수가 되어 자신의 꿈을 이루어나가는 과정을 인상 깊게 묘사한 작품이다. 특히 색깔이 뚜렷하고 개성적인 인물들이 나와 각 에피소드들을 엮어가던 작품으로 80년대를 대표하는 한국 애니메이션이라고 해도 과언이 아니다.

애니메이션 <날아라 슈퍼보드> 중에서

이두호 원작의 <머털도사>는 1989년 5월 5일에 방영된 작품으로 한국적인 색채가 짙은 캐릭터, 배경, 스토리를 보여주었다. 주인공들의 이름도 각 캐릭터의 특징에서 따왔는데, 머털도사의 머털은 '머리털'에서, 꺽꿀이는 '세상을 꿀꺽하려 한다'는 데서, 그리고 누덕도사는 '누더기 도사'에서, 또매는 '또 매 맞을 짓을 한 아이'라는 말에서 빌어 와 캐릭터들의 뚜렷한 성격을 보여주었다. 또한 작품의 소재를 우리 옛이야기에서 많이 나오는 도술을 사용하는 등 소재나 작명 등 작품 전반에 대해 신경을 쓴 작품이기도 하다. 시청자들의 호응이 커지자, 1990년에는 <머털도사와 108요괴>와 <머털도사와 또매>를 시리즈로 방송했다.

1990년에 방영한 허영만 원작의 <날아날 슈퍼보드> 역시 많은 이들에게 큰 인기를 받은 작품 중의 하나이다. 주인공 손오공 귀가 잘 안 들리는 사오정의 독특한 행동과 코믹연기는 사오정 시리즈라는 유행을 남길 정도로 인기를 끌었다.

## 걸작이지만, 비디오 가게에 숨겨져 있는 작품

① 프레드릭 백(Frederic Back)의 <위대한 강>(1993)

캐나다 동부에 위치한 세인트로렌스 강의 태초부터 현재에 이르는 역사를 시적인 아름다움과 다큐멘터리적인 사실성으로 재현한 대작이다. 강과 대지의 틈에서 다양한 생명체가 태어나고 자라나는 장면들과 물줄기의 힘찬 움직임, 눈부신 햇살과 동물들의 역동적인 움직임 등이 섬세하면서도 대담하게 표현된 작품이다. 환경의 파괴를 스스로 극복해나가는 관대한 자연의 생명력은 깊은 울림으로 전달한다.

② 미셸 오슬로(Michel Ocelot)의 <프린스 앤 프린세스>(1999)

남녀의 만남과 다양한 사랑을 보여주는 <프린스 앤 프린세스>는 그림자를 통해 동적인 이미지를 만들어내는 실루엣 애니메이션이다. 빛이 투과되는 배경 위에 관절 부위를 움직일 수 있는 인형들을 올려놓고 조금씩 움직임을 바꾸어가며 한 프레임씩 따로 촬영한 후, 이를 영사

함으로써 움직임을 표현해 만들어낸 작품이다. 섬세한 실루엣의 정교함과 다채로운 배경화면
의 색채 연출이 환상적인 영상을 만들어내고 있다.

실루엣 제작기법으로 만든 애니메이션 <프린스 앤 프린세스> 중에서

③ 빌 플림튼(Bill Plymton)의 <나는 이상한 사람과 결혼했다>(1997)

현실과 비현실의 세계를 독창적인 방식으로 작품을 만드는 빌 플림튼은, <당신의 얼굴(Your
Face)>, <키스의 방식(How To Kiss)>, <One of Those Days> 등의 많은 단편과 3만장 이상의
셀을 자신이 직접 그리고 채색하여 제작한 장편 애니메이션 <The Tune>이 있다. 특히 1997년
에 발표한 장편 애니메이션 <나는 이상한 사람과 결혼했다>는 빌 플림튼만의 독특하고 기발
한 상상력이 돋보이는 작품이다. 배경 그림은 만화의 느낌을 증폭시키기 위해서 초광각 렌즈로
촬영된 장면들의 흑백사진 위에 수성물감으로 채색하는 기법을 사용하여, 화면의 독특한 심도
와 민감한 터치를 섬세하게 보여주고 있다.

애니메이션 <나는 이상한 사람과 결혼했다> 포스터

제2장
애니메이션 스토리텔링 창작하기

# 1. 애니메이션 스토리텔링의 근원, 상상력

모든 사물에는 이야기가 있다. 산기슭 어디에서나 나뒹구는 돌멩이에도, 광고에 등장하는 치약, 과자, 핸드폰에도 이야기가 있다. 아니, 좀 더 정확하게 말한다면 사람들은 사물로부터 '이야기'를 듣고 싶어 한다.

가까운 예를 들어보자. 한 때 '2% 부족할 때'라는 컨셉으로 만든 CF광고가 큰 인기를 얻은 적이 있다. 이 CF는 '우릴 그냥 사랑하게 해 주세요'와 '날 물로 보지 마'라는 유행어를 낳을 정도로 큰 이슈를 만들어냈다. 또한 한 전자 제품 광고에서는 한 여자를 가운데 두고 두 남자의 구애 작전을 시리즈로 제작하여 세 남녀의 이야기에 대한 호기심을 유발시키기도 했다.

공장에서 만들어내는 음료수나 전자제품에 무슨 사연이 있고 무슨 이야기가 있겠는가. 그럼에도 불구하고 우리는 돌덩어리 하나에서도 이야기를 듣고 싶어 하고, 이야기를 만들어 주고 싶어 한다. 왜일까? 사람들은 왜 이렇게 허구에 불과한 이야기에 목말라하는가?

아주 먼 옛날부터 이야기는 인간이 세계를 인식하는 근본적인 한 가지 방식이었다. 우리는 이야기를 통해 도덕을 배우고 종교적 신념을 얻는다. 또 과학적인 지식도 과학자들에 얽힌 이야기를 통해 습득하며, 뉴스에서 아나운서의 이야기를 통해 시사 지식을 얻는다. 이처럼 이야기는 우리가 무엇인가를 인식하는 가장 원초적인 방식인 것이다.

우리의 일상을 한번 되돌아보자. 아침에 배달된 조간신문이나 인터넷을 통해 그날 일어난 세상 사람들의 이야기들을 보고 읽는다. 그리고 다시 TV를 켜면 월화 드라마, 수목 드라마, 주말 드라마, 토요명화, 일요영화 등 드라마와 영화가 끊임없이 전파를 타고 흐른다. 그리고 주말이 되면 극장과 연극무대에서는 새로운 작품이 오르고 내리기를 반복한다.

CF <2% 부족할 때> 중에서

　이야기 속에 파묻힌 일상, 그것이 우리의 시간이며 삶이며 이야기 없이는 하루도 견딜 수 없는 존재가 바로 인간이다. 이와 관련해 시나리오 작가 로버트 맥기(Robert Mckee)는 '모든 종류의 이야기 예술들은 인류가 혼돈으로부터 질서를 찾고 인생에 대한 내밀한 시각을 얻기 위해 필요로 하는 영감의 가장 주된 원천이며 삶의 도구'이다 라며 인간은 '이야기' 없이 단 하루도 존재할 수 없다고 말한다.

　이 말이 쉽게 이해되지 않을 것이다. 그렇다면 오늘자 신문을 다시 한번 들여다보자.

　신문 각 지면에는 어제와 비슷한, 혹은 어제보다 더 강도 높은 사건 사고 소식이 실려 있고, 지구 저편 어디에서는 전쟁과 기아로 아이들이 신음하고 있고, 또 그 반대편 어디에서는

홍수와 재해로 많은 사람들이 비명에 죽어가고 있다. 그리고 이런 소식은 내일 자 신문에도, 또 내년의 오늘 자 신문에도 반복해서 실릴 것이다. 인정하고 싶지 않지만 이 모습이 우리의 현실이고, 이러한 현실을 이겨내고 극복해야 하는 것이 우리 인간의 삶이다.

이처럼 전쟁과 약탈, 전쟁과 질병, 자연의 재해 등으로부터 자유로울 수 없는 것이 우리의 삶이며 피할 수 없는 인간의 숙명이다. 그렇다면, 우리 인간은 이 혼돈의 세계에서 벗어날 방법은 없는 것인가. 그저 나약한 모습으로 이 모진 운명을 받아드릴 것인가.

아니다. 방법은 있다. 그것이 바로 '허구'의 창조이다. 혼돈에 둘러싸여 있는 인간은 이러한 허구 능력에 의해서만 혼돈과 공존할 태세를 갖출 수 있기 때문이다. 그리고 끊임없이 위협에 직면하고 있는 세계에 대처할 수 있는 유일한 능력은 상상력을 통한 허구의 창조이다.

허구는 거짓이 아니다. 허구는 꾸민다는 것이다. 꾸민다는 것은 실재하는 질료를 가지고 구성한다는 것을 의미한다. 구성이란 플롯을 말하고, 플롯은 발단부터 대단원까지의 유기적인 통일성을 요구한다. 그리고 그것은 필연성과 개연성을 수반한다.

결국 애니메이션은 잘 짜여진 조작물이다. 이때, 창조적 애니메이션은 현실의 질료를 통해서 전혀 색다른 세계를 형성한다. 따라서 현실을 허구적으로 재구성하였다 하더라도, 그것은 현실의 본질을 드러낸다 라는 점에서 애니메이션은 진실성을 갖는다. 이것이 허구가 거짓일 수 없는 이유 중의 하나이다. 이야기 예술로서의 애니메이션이 갖는 힘은 바로 여기에서 출발한다.

## 2. 애니메이션 스토리텔링의 시작, 시나리오 기획하기

그렇다면 애니메이션 스토리텔링은 어떤 과정을 통해 만들어지는 것인가? 그 시작의 출발은 기획이다. 기획이란 어떤 것을(혹은 무엇을) 애니메이션으로 만들 것인가이다. 즉 관객들에게 어떤 콘텐츠를 어떻게 효과적으로 표현할 것인가를 신중하게 생각하고 결정하는 단계이다.

이를 위해서는 작품을 감상하게 될 대상은 누구이며, 극장용으로 할지 TV용으로 할지도 정해야 한다. 또한 작품의 분위기는 어떻게 갈 것인지 그리고 그 효과적인 분위기를 위해서는 어떤 제작기법을 활용할 것인지, 작품의 분량은 몇 분으로 할 것인지에 대한 다양한 고민이 필요하다.

이러한 고민과정의 결과물이 애니메이션 시나리오 기획서이다. 그러나 대부분의 사람들이 애니메이션 기획서를 접할 기회는 흔치 않다. 당연하게도 관객들이 보는 것은 기획서가 아니라 그 기획서를 토대로 만들어진 영상물을 보기 때문이다. 그렇다면 기획서는 누가 보는 것인가?

애니메이션은 철저히 개인적인 작업을 통해 완성하는 문학과는 달리 여러 사람의 손을 거쳐(감독, 작가, PD, 캐릭터 디자이너, 배경 디자이너 등) 완성이 가능한 장르이다. 즉, 애니메이션은 많은 사람들의 힘을 거쳐 상품으로 대량생산되고 다시 대량 소비된다는 특징을 갖고 있다. 또한, 문학작품이 독자와 직접 만나 평가되는 것과는 달리 시나리오는 독자(관객)와 직접 만나지 않는다. 관객들이 만나는 것은 시나리오가 아니라 시나리오를 바탕으로 제작된 애니메이션이다.

결국 시나리오와 시나리오 기획서는 보는 사람은 애니메이션을 만드는 스텝들과 제작자이다. 시나리오는 영상화되기 이전에 스텝들에 의해 평가되고 다시 조절, 수정, 결정되는 것으로 일차적으로 스텝들을 위한 것이다.

따라서 시나리오 기획서의 목표는 창작하고자 하는 작품의 내용을 스텝과 제작자에게 정확하게 전달하는 데 있다. 개그물이라면 보다 재미있게, 액션물이라면 박력이 넘치게, 문예물이라면 격조 높은 문체를 택하는 것이 효과적이다. 그리고 어떠한 형식을 택하더라도 최소한 다음과 같은 항목은 있어야 한다.

① 표지

애니메이션의 타이틀과 시나리오의 작성일자 및 작성자의 이름을 기입한다.

② 개요

시나리오의 주제 및 소재, 장르, 특성 주 관객층 등을 쉽게 알 수 있도록 기입한다.

- 시나리오의 이름 : 시나리오의 타이틀 혹은 가제를 기입한다.
- 작품의 장르 : 어떤 유형의 애니메이션인가를 기입한다.
  예) <동물 개그>, <SF액션>, <명작동화>, <모험 환타지> 등과 같이 장르를 구별하여 쓴다.
- 작품의 방영(상영) 스타일 : 작품의 분량 및 매체 방식을 기입한다.
  예) <극장용 장편 애니메이션, 90분>, <TV 특집물, 60분 완>, <TV 시리즈 26부작, 1편당 3분 완결> 등과 같이 쓴다

- 작품의 주요 대상자 : 작품을 보게 될 주요 대상층을 기입한다.
  예) <3~6세를 중심으로 한 미취학 유아>, <중·고생 중심으로 한 청소년>, <셀러리맨을 중심으로 한 성인>
- 작품의 주제 : 작가가 전달하고자 하는 메시지를 기입한다. 주제는 스토리의 방향을 결정하는 요인으로 작용되며, 작가의 가치관이 드러나는 부분이기도 하다.
  그러나 테마만 쓸 경우에는 추상적이 되기 쉬우므로 이야기와 연결하여 이해하기 쉽도록 쓰는 것이 좋다.
- 작품의 특성 그 작품만의 독특한 매력과 특징을 설명함으로써 다른 작품과의 차별성을 강조한다.

### ③ 시나리오의 기획의도

기획서에서 가장 중요한 내용으로 작품을 기획하게 된 동기나 목적 등을 쓰며 작품의 가치를 중심으로 쓴다.

### ④ 주요 등장인물에 관한 소개

이야기의 주인공, 부주인공 또는 중요한 조역 등에 대한 성격, 연령, 용모, 취미, 직업, 사상, 독특한 개성, 가정 상황 등 이야기 속에서의 역할이나 환경 등을 설명한다.

### ⑤ 이야기의 설정

이야기의 무대가 되는 상황과 이야기 발단에 이르기까지의 과정 등을 설명한다.

⑥ 시놉시스

스토리가 반드시 기승전결로 일관될 필요는 없지만, 신선한 아이디어가 요구되며 원고지 한 두 장 정도면 충분하다. 이상이 기본적인 항목이지만, 작품의 장르에 따라 더 첨가하기도 하고 항목을 바꾸기도 한다.

- 애니메이션의 기획과 관련해서는
토리우미 진조의 『애니메이션 시나리오 작법』(모색, 1999)을 참조.

● 나도 애니메이션 작가!---------------------★

자신이 만들고자 하는 애니메이션을 위에서 제시한 시나리오 기획서 형식에 맞춰 작성해보자. 혹은 자신이 읽은 단편소설이나 동화책 중, 애니메이션에 적합한 작품을 선택, 기획서를 작성해보자.

## 3. 애니메이션 스토리텔링의 핵심, 인물·배경·사건 구성하기

극장에서 영화나 애니메이션을 보고 온 당신에게 '그 작품 어땠니?'라고 묻는다면 어떤 대답을 할 것인가? 아마 '너무 너무 재미있었어!' 혹은 '별로야, 재미없었어!' 둘 중의 한 가지에 해당되는 대답을 할 것이다. 그렇다면 사람들은 재미있음과 재미없음의 기준을 무엇으로 판단할까? 캐릭터의 신선함, 화면 구성의 아름다움, 현란한 테크닉 등등 여러 가지가 있겠지만 뭐니 뭐니해도 가장 큰 기준점이 되는 것은 바로 '스토리'이다. 스토리만 재미있으면 그 캐릭터가 못생긴 괴물이라 할지라도 스토리 속에서는 애정이 가고 사랑스러운 캐릭터로 다가올 수밖에 없다. 그렇다면 스토리란 무엇인가? 그것은 인간의 기본적인 삶의 이야기이다. 지구상에서 살아가는 모든 사람들은 각자 개성과 특성을 소유하고 있다. 그들은 지구상에서 한 명의 주인공이 되어 수많은 사건을 창출하며 살아간다. 그들이 살아가는 그 자체가 사건이며, 그들이 지닌 사건들이 이야기를 창출해내고 있다.

누구나 자신이 살아온 삶을 글로 쓰면 소설책 몇 권을 쓸 수 있다고 말하지 않는가? 그러나 아무리 파란만장한 삶을 살아왔다 할지라도 그 삶이 반드시 드라마로서의 스토리가 될 수 있는 것은 아니다.

스토리가 되기 위해서는 이야기를 끌고 가는 주체자인 인물과 그 인물의 행위가 벌어지는 배경, 인물이 행하는 사건이라는 이 3요소가 갖춰줘야 하기 때문이다. 모든 이야기 형식의 예술은 반드시 이 3요소가 조건이 되어야 한다.

그렇다면 신문의 보도기사는 어떤가? '언제, 어디서, 누가, 어떻게, 무엇을, 왜'라는 육하원칙에 의하여 쓰여 지는 신문의 보도기사도 스토리가 될 수 있을까? 물론 신문의 보도기사에는 위에서 언급한 스토리의 3요소, 인물·배경·사건이 갖춰져 있다. 그러나 우리는 보도기사를 스토리라고 말하지 않는다. 어째서 스토리가 아닌 것일까?

아리스토텔레스에 따르면 시인(작가)의 모방은 아무런 통일성도 없는 사건의 복합을 사진사처럼 복사하는 것이 아니라 그 자체로 하나의 유기적인 통일을 이루고 있는 사건을 필연적인 인과 관계의 테두리 내에서 재현하는 데 있다 라고 말한다. 즉, 하나의 보편적인 진리를 말하는 데 있는 것이다. 그런 의미에서 시인 (작가)은 단순한 모방자가 아니라 일종의 창작자인 것이다

반면, 신문의 보도기사는 사실을 기술하는 것이 목적이다. 신문의 보도기사는 단순한 사실일 뿐, 이야기 형식으로서의 3요소가 긴밀한 연관을 맺고 있거나 서로 통일되어 있지 않은 것이다.

그러나 이야기로서의 스토리는 인물·배경·사건이라는 3요소를 어떠한 형태로든 결합시켜야 한다. 전혀 관계가 없는 듯한 3개의 요소를 하나의 이야기로 묶어내기 위해서는 창작이 필요하게 된다. 스토리란 바로 인물(성격)·배경(환경)·사건(행위)의 관계를 창작이라는 고리로 유기적으로 결합시키는 일이다.

## (1) 인물(성격)

스토리를 구성할 때 무엇보다 중요한 것은 스토리를 이끌어가는 등장인물에 관한 것이다. 한 편의 애니메이션을 보고 관객이 감동받는 것은 멋진 배경이나, 주인공의 화려한 외모가 아니라 적확한 인물 묘사에 있다. 우리의 삶과 동떨어진 인물로부터는 감동을 받을 수 없기 때문이다.

애니메이션은 과거·현재·미래를 배경으로 상상 속의 인물을 주인공으로 할 수 있는

자유로움이 있지만, 이 작품을 보는 사람은 바로 현재를 살아가고 있는 우리들이라는 것을 잊어서는 안 된다. 이를 망각한 채, 개연성 없는 인물을 묘사할 경우 그것은 거짓으로 받아드릴 위험이 높기 때문이다. 그 결과 관객이 한 편의 작품을 보고 "에이, 저런 인물이 어딨어? 저건 말도 안 돼!"라는 평가를 하게 된다면, 그 작품은 인물의 형상화에 실패한 경우이다.

TV시리즈 애니메이션 <스누피> 중에서

물론, 애니메이션에 등장하는 인물들은 현실 세계를 살고 있는 인물뿐만이 아니라, 동물, 로봇, 요정 등 상상 속의 인물들까지 다양하게 포용한다. 그러나 현실에는 없는 상상 속의 인물들이라 할지라도, 그 상상 속의 인물들이 심리나 성격 등이 논리적으로 전개되어, 우리의 감성에 와 닿지 않는다면, 그건 말 그대로 공상일 뿐이다.

그렇다면 캐릭터를 어떻게 표현해야 독창적이면서도 관객들의 가슴에 각인될 수 있는 것일까? 현재 캐릭터를 창출하는 상황을 잘 살펴보면 일반적인 문제점을 몇 개 발견할 수 있는데, 그 중 한 가지가 캐릭터는 무조건 귀엽고 예쁘고 깜찍해야 한다는 생각이다. <아기공룡 둘리>의 작가 김수정은 둘리를 비롯한 캐릭터의 탄생 과정에 대해 이렇게 말한다.

### 〈아기공룡 둘리〉에 나오는 주요 캐릭터들의 탄생과정

① 희동이

우리는 왜 희동이를 좋아할까? 2~3세 정도 된 그 아이가 그렇게 포악한 행동을 하는 이유는 무엇일까를 생각해보면 우리가 희동이에게 애정을 가지게 되는 단서를 찾을 수 있다. 무엇일까? 그 아이에게 엄마가 있는가? 아빠가 있는가? 2~3세의 아이에게 부모가 옆에 없다는 것이 정상적인 상황인가? 답은 거기에 있다. 즉 그 나이에 절대적인 부모의 사랑이 결핍된 캐릭터로서의 희동이는, 애정 결핍의 증세로 일종의 자폐 증세를 보이는 것이다. 여기서 재미있는 것은 그 결과 자신이 힘들 때면 결국 찾게 되는 인물이 둘리라는 점에 있다. 이때

물론 다른 등장인물이 희동이의 부모 대리가 될 수 없는 이유도 제대로 설정되어야 한다. 예를 들면 고길동은 갑자기 자신의 안락한 집에 침입한 여러 장난꾸러기들로부터 자신의 가정을 지키기도 힘겹고, 영희와 철수는 그냥 어린아이고 다른 캐릭터들도 매우 어른스럽지 못한 인물이라는 점이 그렇다.

### ② 둘리

희동이가 힘들 때 엄마처럼 찾는 둘리. 하지만 둘리는 고작해야 7~9세 정도의 느낌이다. 과연 희동이를 보듬을 여유가 있는 나이인가? 하지만 여기서는 반대로 둘리의 처지가 희동이와 비슷하다는 것이 포인트이다. 즉, 엄마와 떨어져 있고 희동이와 비슷한 정신연령 등, 마찬가지로 둘리도 애정결핍상태인 것이다. 하지만 둘리는 자신이 그렇기 때문에 희동이를 돌봐줄 수 있는 캐릭터가 된다.

### ③ 고길동

고길동은 항상 인상을 쓰고 있다. 그러나 처음부터 그런 것은 아니다. 고길동은 둘리가 오고 나서부터 인상을 쓰게 되었다. 평범한 소시민인 고길동, 법 없이도 살 온화한 인간이었던 고길동은 자신이 지켜야 하는 안락한 가정이 자신의 아이들과는 비교가 되지 않을 정도로 장난꾸러기인 둘리 등으로 인해 흔들리는 게 불안했던 거다. 하지만 고길동은 엄연한 어른. 자신이 당하지 못하는 둘리 등에게 항상 인상을 쓰고 냉정하게 굴다가도 어느 순간 내가 어른인지, 불쌍한 아이들한테 잘 해줘야지 하며 항상 후회하는 마음 약한 어른이다. 하지만 잘해주려 하다가도 그 마음이 아이들에게 잘 전달되지 않음으로 인해 더욱 더 포악해지는 심리가 숨어있다.

### ④ 또치

또치의 성격은 눈치꾸러기, 기회주의자…… 그렇다면 그 성격은 어디서 형성되었는가? 그렇다. 또치는 서커스단 출신, 그 험한 동네에서는 눈치만이 살길이다. 이렇듯 모두 그 성격에 대한 타당한 배경과 컨텍스트가 있어야 한다. 그러한 배경으로 또치는 혼자 잘난 척 하다가도 이를테면 실질적으로 자신보다 힘이 센 인물에게는 본능적으로 아부를 하는 습성이 있다. 또치는 고길동에게 자세를 낮추는 유일한 캐릭터로 나온다.

### ⑤ 도우너

그렇다면 도우너의 말도 안 되는 성격은 어디서 온 것인가? 그는 깐따삐아별 출신. 그 별은 어떤 별? 아무도 모른다. 작가도 모른다. 그러므로 도우너의 성격은 아무도 예측할 수 없다. 하지만 한 가지 확실한 건 그는 순진무구한 외계인. 외계의 별은 지구보다 팍팍하지 않은 곳일 것이라는 설정이다. 도우너의 첫 경험 상대가 둘리라는 단순한 이유에서 기인한 것이다. 한번 믿으면 절대 그 믿음을 져버리지 않는 성격인 도우너는 둘리가 '애완동물'이라고 설명해준 '고길동'이 왜 인간인 척하는지 이해할 수가 없다. 고길동과의 대치상황이라는 구도는 자연스러운 것이다.

⑥ 마이콜

그는 20대의 어른이지만 이 시대 홀로 남은 무균질 인간으로 설정
되었다. 오로지 스타가 되리라는 꿈만 먹고사는 그의 모습은 현실성
없이 자신의 꿈을 좇는 요즘의 10대, 20대 모습과 닮아있다.

– 김수정, 『애니메이션 시나리오 작법 특강 자료집(2002년)』 중에서

그렇다면 어떤 캐릭터를 설정할 것인가? 가장 먼저 고민해야 할 것은 그 캐릭터에게 어떤
'결핍(콤플렉스)'을 줄 것인가이다. 특히, 주인공에게 어떤 결핍을 줄 것인가는 작품의 스토리
를 결정하는 중요한 요소이다. 주인공의 결핍 내용에 따라 스토리가 다르게 전개될 수 있기
때문이다.

결핍이 있기 때문에 그 결핍을 채우기 위해 인물은 행동할 것이며, 사건도 벌어지게 마련
이다. 예를 들어, 한 주인공이 말을 더듬는 결핍이 있다고 해보자. 이는 무엇을 의미하는가?
만약 이 주인공이 말을 더듬지 않는 평범한 사람이라면 '말'로 인한 갈등 없이 현실 세계를
살아갈 수 있을 것이다. 그러나 말을 더듬는다는 결핍으로 인해, 이 주인공은 친구들과 어울

리기 힘들고 당연히 혼자 있는 시간이 많을 거라는 추측이 가능하다. 그리고 이로 인해 친구
들과 함께 어울려야 하는 스포츠보다는 책을 읽거나 음악 감상을 더 좋아한다는 설정이 자연
스럽게 받아들어질 수 있는 것이다.

인물의 '결핍(콤플렉스)'과 더불어 중요한 것은 바로 드라마의 '갈등' 내용이다. 드라마를
끌고 가는 갈등을 어떻게 설정할 것인가는 작품의 흥미와 완성도를 결정하는 중요한 요소
이다.

드라마는 갈등이다. 갈등이 없으면 사건도 긴장감도 없다. 스토리를 구성하기 전에 주인공
과 대결하는 인물이 누구이며 갈등의 내용이 무엇인지를 논리적으로 설정해야 할 것이다.

작품의 캐릭터가 설정되면, 작가는 작품이 끝날 때까지 그 캐릭터와 함께 생활을 해야 한
다. 때로는 작가 자신이 캐릭터에 동화되어 동일인처럼 행동하거나 사고를 하기도 하고, 때로
는 벗이 되어 캐릭터가 심심하지 않도록 대화를 나눌 줄 알아야 한다. 그래야 섬세한 캐릭터,
살아 움직이는 캐릭터를 설정할 수 있게 된다. 캐릭터의 설정이 섬세하면 섬세할수록, 생동감
있는 캐릭터를 얻을 수 있으며, 캐릭터의 성격 연출이 자연스러워 질 수 있다.

## (2) 배경

애니메이션의 배경은 시간적인 배경과 공간적인 배경으로 설정된다.

현재의 시간과 변화되는 시간, 또는 현존하는 공간과 가상의 공간은 시나리오의 사건들을
구체화시켜주는 요소들이며, 스토리의 서술시점과 스토리의 구성에 많은 변수로 작용한다.

또한 시간과 공간에는 캐릭터들의 심리를 대변할 수 있는 기능이 있기 때문에 작품 전체의 분위기를 조정하는 역할을 한다.

애니메이션에 있어서의 공간으로서의 배경은 작품에 드러나는 장소와 배경, 환경의 영상화된 분위기를 일컫는다. 시나리오 작가는 자신이 속한 공간에서 작품이라는 허구적 공간을 설정해 두고 또 다른 허구의 사실들을 창출해나간다. 이때 작품 속에 내재되는 공간은 캐릭터의 내적 세계를 상징하며, 사건의 시작점이 된다. 또한 스토리가 탄탄하게 이어져나갈 수 있는 원동력으로 작용한다.

스토리에 내재된 <추상적 공간>은 캐릭터의 마음속에 잠재되어 있는 내면적 공간이며, <실존적 공간>은 환경을 나타내는 외면적 공간이다. 즉, 캐릭터의 행위에 의해 에피소드가 진행되는 공간인 것이다.

스토리의 상징성으로 결부되는 <수직적인 공간>과 <수평적인 공간>의 문제는 장르의 결정에도 영향을 미치게 된다. 하늘-땅-지하로 연결되는 수직적인 공간은 신과 인간, 인간과 하등 동물로 이어지는 상징적인 의미를 내포할 수도 있고, 산-들-바다로 연결되는 수평적인 공간은 인간과 인간, 혹은 인간과 자연의 교감을 상징적으로 내포하고 있다. SF물이나 환타지물들은 수직과 수평의 공간 원리를 적절하게 잘 이용하고 있다.

스토리에서 시간적인 배경과 공간적인 배경이 적절하게 어우러졌을 때, 시각적 효과를 극대화시킬 수 있다. 즉, 공간과 시간적인 배경의 문제는 스토리에 녹아 있어야 한다. 배경은 캐릭터들의 행동에서, 캐릭터들 사이에서 싹트는 갈등구조 속에서, 그에 따른 사건 속에 자연스럽게 녹아야 하며, 은은하게 드러나야 한다.

애니메이션 <이웃의 토토로> 중에서

## (3) 사건

스토리에서의 사건이라 함은 스토리 내부에서 문제를 일으키거나 주목을 받을 만한 뜻밖의 일을 일컫는다. 인간들이 일반적으로 겪을 수 있는 사건이 발생하는 경우가 있는가 하면, 전혀 상상할 수 없는 의외의 사건이 발생하는 경우도 있다. 그렇기 때문에 사건을 중점적으로 취재하는 언론사의 기자들은 반드시 '누가, 언제, 어디에서, 왜, 무엇을, 어떻게'라는 육하원칙에 입각하여 기사를 작성한다. 사건의 구체적인 인과관계를 밝혀, 사건의 전모를 규명하는 작업이기 때문이다.

반면 스토리에 있어서의 사건이란 원인과 과정 그리고 결과를 가지게 되는데, 시나리오에서의 사건의 시작은 캐릭터가 행동하게 될 동기를 부여한다. 그리고 인물은 사건의 상황에 따라서 목표를 갖게 되고, 행동에 돌입하게 된다.

애니메이션의 스토리는 일반적으로 사건의 인과성과 시간의 연속성에 의해 발전해나간다. 그렇기 때문에 어떠한 사건을 어떻게 배치하고, 연결해 나가느냐에 따라서 애니메이션의 흥미는 가중된다. 사건은 스토리 내부에서 마치 일직선으로 진행되기도 하고, 새끼줄처럼 비비 꼬여 진행되고 하고, 헝클어진 실타래처럼 엉망으로 엉켜서 진행되기도 한다. 이와 같은 사건의 진행은 주제를 뒷받침해 주면서 일관성 있게 스토리에 녹아 있어야 한다.

따라서 스토리의 사건은 간결하고 감칠맛 있게 이끌어나가야 한다. 스토리상에서 사건들을 자세하게 언급하게 된다면, 시나리오의 농축으로서의 한계를 벗어나게 되어 지루한 스토리가 되어버리게 된다.

또한 캐릭터들이 연출하는 갈등들은 재미있는 사건들로 이어져야 한다. 갈등구조와 사건 전개가 두서없이 뒤죽박죽되는 사태를 막기 위해서는 인과관계가 제대로 설정되어야 한다. 스토리의 사건을 만들기 위해서는 다음과 같은 몇 가지 주의할 점이 있다.

- 사건의 인과관계는 필연성에 두어야 한다. 우연성의 남발이 계속되거나 우연하게 사건이 해결되면 그만큼 작품에 대한 신뢰가 떨어진다.
- 관객들이 미리 예측하고, 대비할 수 있는 사건이라기보다는 전혀 상상하지 못하였던 사건이 불쑥 튀어나오도록 의외성을 주어야 한다. 대표적으로 <슈렉>의 결말이 여기에 해당한다. <슈렉>은 그동안 디즈니가 끊임없이 보여준 아름답고 예쁜 공주와 순수하고 착한 왕자 이야기라는 고정적인 관념을 깨버리듯 엽기적인 피오나 공주와 못생긴 슈렉을 등장시킴으로써 디즈니 애니메이션의 관습적인 스토리를 자유자재로 비틀어버린다. 관객들에게 익숙한 줄거리, 못생긴 왕자와 예쁜 공주와의 행복한 결말에 기대는 듯하다가, 결과를 반전시킴으로써 창조적인 재구성을 이루어내고 있는 것이다.

## (4) 스토리 구성의 실례

스토리는 허구적 사실이다. 허구는 거짓이다. 그러가 창작자는 이 거짓을 진실처럼 전달해야 한다. 거짓을 재미있게 창작하여 스토리를 완성한다 할지라도 거짓다운 진실성이 없으면, 한낱 에피소드에 그치고 만다. 따라서 허구가 그럴 듯한 개연성을 갖기 위해서는 필연성과 보편성이 따라주어야 한다.

그럼, 구체적인 작품을 보면서 애니메이션의 스토리가 어떻게 창작되는지 알아보도록 하

자. 다음은 클레이 애니메이션 <엄마의 재봉틀>을 스토리의 3요소에 맞춰 정리한 것이다.

- 인물(성격) : 짧은 미니스커트를 갖고 싶어 하는 봉순과 봉순의 소원을 들어줄 수 없는 엄마.
- 배경(환경) : 아버지의 박봉과 어머니의 옷 수선으로 근근이 살아가는 어려운 살림을 꾸려 나가는 1970년대
- 사건(행위) : 자신의 긴 치마를 가위로 잘라 미니스커트를 만들다

이것이 간략하게 정리한 스토리의 3요소이다. 문제는 신문기사와는 달리 스토리는 인물, 환경, 사건이 유기적으로 결합하여 하나의 테마를 갖고 드라마를 구성해야 한다는 것이다.
<엄마의 재봉틀>을 중심으로 인물·배경·사건을 좀 더 구체적으로 살펴보자.

인물

- 삼남매 중 막내로 애교가 많지만, 어리광이 심하고 갖고 싶은 것이 있으면 반드시 갖고야 마는 고집불통 봉순이.
- 삼남매 중 둘째로 위로는 형이 밑으로는 막내 봉순 사이에서 엉뚱하고 기발한 상상력으로 주위 사람들을 깜짝 놀라게 하는 말썽꾸러기 봉재.
- 삼남매 중 첫째로 반에서 1, 2등을 다투는 우등생이지만, 공부말고는 할 줄 아는 게 아무것도 없다는 것에 콤플렉스를 갖고 있는 봉구.
- 동사무소 말단 공무원으로, 결혼 전까지만 하더라도 춤추는 것을 좋아했지만, 어린 삼남매를 위해 자신의 좋아하는 일도 포기하고 성실하게 일하는 아버지.
- 삼남매의 교육 열의가 강하며 이를 위해 부업으로 옷 수선 일을 하고 있는 어머니.

## 배경

- 한국의 1960년대 말에서 1970년대 초, 서울의 외곽 지역에 자리 잡은 지방 소도시로 산업화가 밀려들기 시작하면서 조그마한 텃밭에서 농사를 짓는 몇 가구를 제외하고는 장사를 하거나, 일거리를 찾아 서울로 출퇴근을 하는 가난한 소읍.
- 마을 입구에는 마을을 지켜주는 두 개의 정승이 버티고 있으며, 그 뒤로는 버스 한 대 정도가 지나다닐 수 있는 비포장도로가 길게 나있고 가을이면 코스모스가 살랑거리기도 한다. 비포장도로를 따라 들어가면 조그마한 논과 밭들이 펼쳐져 있고, 한 가운데 초등학교가 있다. 초등학교를 중심으로 상가가 늘어져 있으며, 상가를 따라 마을 안으로 들어가면 주인공의 집과 친구들이 사는 집들이 있다.

## 사건

- 동네 미용실 언니가 입은 짧은 미니스커트를 본 봉순은 미니스커트를 갖고 싶어 한다.
- 엄마가 집을 비운 사이, 봉순은 자신의 치마를 가위로 잘라낸다.
- 뒤늦게 이 사실을 알게 된 엄마, 봉순을 혼낸다.
- 엄마는 막내딸 봉순이를 위해 밤새도록 재봉틀을 돌려 예쁜 미니스커트를 만들어준다.
- 청바지를 갖고 싶은 봉재, 파란 물감을 물에 풀어 멀쩡한 바지에 물들인다.

바로 이렇게 구성된 3개의 요소를, 창작이라는 실로 서로 연결시킨다. 그럼, 완성된 스토리를 소개하기로 하자.

### 〈엄마의 재봉틀〉 스토리

봉순이는 동네 미용실에서 일하는 언니가 미니스커트를 입은 것을 보게 된다. 긴 다리를 드러내고 엉덩이를 실룩거리며 걸어가는 미용실 언니가 예쁘고 부럽기만 한 봉순이. 봉순이도 짧은 미니스커트를 입고 싶다. 그러나 봉순이가 갖고 있는 치마라곤 모두 엄마의 한복 치마를 줄여서 만든 촌스럽고 긴 치마들 뿐이다. 어떻게 하면 미니스커트를 입을 수 있을까 라며 고민에 빠진 봉순이.

결국 엄마가 장에 볼 일을 보러 나간 사이, 엄마의 재봉틀이 있는 방에 몰래 들어가 자신이 입고 있던 긴치마를 가위로 숭덩숭덩 잘라, 미용실 언니가 입은 것처럼 짧은 치마로 만들어버린다.

뒤늦게 멀쩡한 치마를 잘라버린 것을 알게 된 엄마는 봉순이를 무섭게 혼내지만, 오히려 봉순이는 자기도 미니스커트를 사달라며 밤새도록 떼를 쓰며 울다가 잠이 든다. 아무리 엄하고 무서운 엄마라 할지라도 막내딸이 그토록 갖고 싶어 하는 미니스커트를 사줄 수 없는 것이 마음이 아프기만 하다.

그날 밤, 엄마는 밤이 늦도록 잠자리에 들지 못한 채, 재봉틀을 돌리며 무언가를 만들기 시작한다.

밤새 울다가 눈이 퉁퉁 부은 채 잠에서 깨어난 봉순이. 머리맡에 가지런히 놓여진 예쁜 치마를 발견하게 된다. 그것은 바로 재봉일을 하면서 남은 천을 이용해 만든 앙증맞은 봉순이의 미니스커트다.

다음 날, 엄마가 만들어준 예쁜 미니스커트를 입고 시장에 나간 봉순이는 세상에서 가장 예쁜 소녀가 된다.

위의 스토리는 약 10분 분량의 클레이 애니메이션으로 영화적 리얼리즘과 애니메이션의 독특함이 어우러져야 하는 제작기법의 특성을 갖고 있다. 때문에 이 작품의 스토리는 실사와 같은 공간감, 캐릭터의 다양한 표정, 그리고 점토의 손맛이 주는 따스함을 전할 수 있도록 했다. 또한 주인공 봉순의 이야기만이 아니라, 봉순이의 사건이 더 재미있게 부각 되도록 시나리오에서는 오빠 봉재의 '청바지 사건'도 함께 설정함으로써 아기자기한 재미를 느낄 수 있도록 했다.

　이처럼 애니메이션 스토리를 구상하기 위해서는 관객이 스토리에 매력을 느낄 수 있어야
하는 것은 물론이고, 애니메이션의 효과를 극대화할 수 있는 요소와 제작기법에 따른 특성들
이 표현될 수 있는 스토리가 무엇인지도 함께 고민해야 한다. 스토리를 읽고 애니메이션 효
과를 느낄 수 없다면 애니메이션 작품으로는 성공했다고 말 할 수 없다.

　　● 나도 애니메이션 작가!----------------------★
　자신이 기획한 애니메이션의 스토리를 인물(성격), 환경, 사건(행위)에 맞춰 정리하고 스토리
를 정리해보자.

# 4. 애니메이션 스토리텔링의 완성, 시나리오 창작하기

인물, 배경, 그리고 사건이 유기적으로 결합된 스토리가 완성되면, 본격적인 시나리오 창작으로 들어간다.

아무리 신선한 아이디어와 소재로 구성된 스토리라 할지라도 시나리오에서 이야기를 풍부하게 표현하지 못한다면 아무 소용이 없다. 똑같은 이야기라도 맛깔스럽게 이야기를 전달하는 사람과 감정의 고저 없이 밋밋하게 전달하는 사람이 있는 것처럼 시나리오도 마찬가지이다.

재미있는 스토리를 자기 혼자만 알고 있는 것으로는 아무 소용이 없다. 그것을 다른 사람에게 정확하게 전달해 자기와 같은 심정으로까지 끌어올리려면 그 나름의 표현과 묘사에 대해 고민해야 한다.

시나리오의 목적은 작가가 표현하고자 하는 것을 영상을 통해 관객, 시청자에게 전하는 일이다. 이를 위해서는 구성된 장면 하나 하나가 완벽하게 묘사되고, 그와 더불어 매력이 있어야 한다. 시나리오는 쓰는 것이 아니라 그리는 것이다. 즉 머릿속에 그린 이미지(영상)을 묘사하는 것이다.

그렇다면 애니메이션 시나리오의 형식은 무엇일까? 일반적으로 실사 시나리오와 애니메이션 시나리오는 기본적으로 같다. 시나리오의 의미·용도·형식면에서 본다면 서로 동일하다. 제작 단계 중에서 최초로 작품의 이미지와 내용을 전달하는 것이 시나리오이며 이것은 신(scene), 대사, 지문, 기호 등으로 표현되어 스텝에게는 설계도의 역할을 하게 된다.

① 배경 신(장소)
② 지문(정경, 등장인물의 움직임)

③ 대사(등장인물의 대화, 내레이션)
④ 기호(OL, WIPE 등)

　이상 네 가지가 시나리오 표현의 기술 항목이며 시나리오 형식의 기본이다.
　또한 시나리오는 소설과 달리 작품의 러닝타임 분량에 맞춰 원고매수를 맞춘다. 한 예로, 25분용 TV 시리즈물인 경우 A4 용지로 15~18매 정도가, 90분용 장편 애니메이션일 경우 A4 용지로 80~100매 정도가 적당하다. 그러나 이것 역시 정확한 것은 아니다. 지문과 대사 분량에 따라 원고 매수의 차이가 날 수 있다. 물론 단편 애니메이션이라도 시나리오는 반드시 필요하다. 다음은 애니메이션 <엄마의 재봉틀> 시나리오의 일부분이다. 시나리오의 형식을 알아보도록 하자.


S#1. 봉선이네 집 / 마당 / 낮

E) 경쾌하게 들려오는 재봉틀 소리

마당. 봉선이가 병아리를 쫓아다니며 좁쌀 모이를 주고 있다.
이때, 안방에서 들려오는 엄마와 미스 정의 대화

VO) 미스 정 : (조르는) 더요, 더!
VO) 엄마 : (놀라며) 안 돼, 어기서 더 짧으면 어떻게 입고 다니려구.

봉선, 두 사람이 티격태격하는 소리에 고개를 갸웃거리며 안방 쪽으로 고개를 돌린다.

S#2. 봉선이네 집 / 안 방

재봉틀을 달달달~ 돌리고 있는 엄마.
그리고 임시로 몸베 바지를 입고 그 옆에 바짝 붙어 앉아, 이것저것 잔소리를 하는 미용실 미스 정.

**미스 정** : (모르는 소리라는 듯) 아줌마두, 요즘은 이것보다 훨씬 짧게 입고 다닌다구요.
**엄마** : (고개를 절레절레 흔들며) 아휴, 망측해라~~
**미스 정** : 아무튼 (치마 위에 손가락으로 한 뼘을 만들며) 이만큼 더 줄여주세요.
**엄마** : 쯧쯧(마지못해 가위로 삭둑삭둑 치맛단을 자르며) 이거 아까워서 어쩐담…

엄마, 어쩔 수 없다는 듯이 가위를 들어 치마 단을 싹둑싹둑 자르면, 침을 꼴깍 삼키며 잘려 나가는 스커트 단을 바라보는 미스 정. 재봉틀 아래로 청치마 단이 싹둑 잘려나간다.

…<중략>…

S#5. 마을 공터 / 커다란 느티나무가 있는 공터 / 낮

커다란 느티나무 아래에서 말뚝박이 놀이를 하는 봉재와 친구들.
느티나무 아래 한 켠에는 책가방이 마구 뒤얽혀있고
말뚝이 된 봉재, 만두의 가랑이 사이로 고개를 집어넣는다.
그러나 꽉 끼는 청바지 때문에 만두의 다리는 더 이상 벌어지지 않는다.
그 바람에 봉재의 머리가 만두의 가랑이에 끼고 만다.

봉재 : (만두의 가랑이 사이로 얼굴을 반만 들이민 채 악을 지른다) 야, 만두! 다리 좀 더 벌려! 머리가 안 들어가잖아.

만두 : (앞사람 가랑이에 얼굴을 낀 채 얼굴에 식은 땀을 흘리며) 안 돼, 내 청바지 찢어진단 말야.

봉재 : (씩씩거리며) 뭐야? 너 청바지 입었다고 재는 거야? 좋아!!

심술이 난 봉재, 헐크처럼 온갖 인상을 찌푸리더니 만두의 가랑이 사이로 얼굴을 힘껏 밀어 넣는다.
순간, 만두의 청바지가 '뿌지직' 요란한 소리를 내더니 찢어지고 만다.
동시에 만두의 비명소리

만두 : 으아~~ 내 청바지~~~~~~~~!!

다리를 벌린 만두의 찢어진 청바지 C.U. 찢어진 청바지 사이로 만두의 팬티가 보이고.
친구들, 만두의 찢어진 청바지를 보며 '얼레리 꼴레리'를 부르며 놀려댄다.
만두를 둘러싸고 까르르 웃어대는 친구들과 두 손으로 찢어진 바지를 가린 채 눈에 울음을
터뜨리는 만두.
배꼽을 잡고 깔깔거리며 웃고 있던 봉재. 갑자기 무언가를 발견한 듯 경악하는 봉재의 얼굴 CU

봉재 : (말까지 더듬으며) 보……보……봉선이……! 너……!!

봉재의 시점으로 카메라 빠르게 PAN되면 멀쩡한 치마를 가위로 비뚤배뚤 잘라 입은 봉선.
베시시 웃고 서 있다.
…<하략>…

－<엄마의 재봉틀> 시나리오 일부분

위에서 밝힌 바와 같이 시나리오의 형식은 ① 배경 신(장소), ② 지문(정경, 등장인물의 움직임), ③ 대사(등장인물의 대화, 내레이션), ④ 기호(OL, WIPE 등)로 이루어진다.

그럼 위의 네 가지 형식이 시나리오에서 어떤 역할을 하는 지 구체적으로 알아보자.

## (1) 배경 신

위의 <엄마의 재봉틀 > 신 넘버 S#1, S#2 등이 바로 신의 배경을 나타내는 것으로 신의 장소와 시간대(오전 / 오후 / 밤 / 새벽 / 아침 등으로 분류) 그리고 현실과 환상 (혹은 꿈 속) 등을 구분하여 표기해준다. 그 이유는 시간대에 따라 밝음과 어둠의 색채가 달라 질 수 있으며 현실과 환상에 따라 분위기가 다르기 때문이다.

## (2) 지문

지문은 신에 대한 정경, 분위기의 묘사와 함께 등장인물의 움직임을 알려주는 것이 가장 큰 목적이다. <엄마의 재봉틀> 다섯 번째 신의 지문을 보자.

커다란 느티나무 아래에서 말뚝박이 놀이를 하는 봉재와 친구들.
느티나무 아래 한 켠에는 책가방이 마구 뒤얽혀있고
말뚝이 된 봉재, 만두의 가랑이 사이로 고개를 집어넣는다.
그러나 꽉 끼는 청바지 때문에 만두의 다리는 더 이상 벌어지지 않는다.

그 바람에 봉재의 머리가 만두의 가랑이에 끼고 만다.

이것은 신에 대한 지문으로, 마을 공터(느티나무가 있는 공터)를 묘사하고 있다. 또한 마을 공터에 등장하는 인물(봉재, 만두, 친구들이 등장한다) 그리고 공터에서 봉재와 친구들이 무엇을 하고 있는지 (말뚝박이 놀이를 하고 있다) 나아가 등장인물은 마을 공터의 어디에 있는지 (느티나무 아래에 봉재와 만두가 있고, 봉재는 만두의 뒤에 있다) 등을 정확히 묘사해줘야 한다. 한 마디로 대사 이외의 모든 것은 지문이라 할 수 있다.

## (3) 대사

대사는 등장인물들이 나누는 대화다. 물론 이 대화는 상대방과의 대화는 물론이고, 혼잣말로 하는 말, 독백 등도 포함된다. <엄마의 재봉틀> 열 번째 신의 대사를 보자.

**과일집 아줌마** : (과일을 예쁘게 진열해놓다 봉선에게) 아이구, 우리 봉선이 예쁜 치마 입었네.
**봉선** : (자랑스럽게) 울 엄마가 만들어줬어요.
**엄마** : (수줍게) 얼마나 미니스커트 타령을 하던지…… 미스 정 스커트 줄이다가 남은 천조각으로 한번 만들어봤어요.
**과일집 아줌마** : (봉선이의 머리를 쓰다듬으며) 우리 봉선인 좋겠네. 엄마가 예쁜 치마도 만들어주고…

우리가 일상에서 말하는 대화와 시나리오의 대사는 다르다.

카페에 앉아, 옆 테이블에서 나누는 대화를 들어보라. 같은 말을 반복한다든지, 발음이 비슷한 다른 말을 해서 다시 고쳐 말하는 경우가 많다. 반면, 애니메이션, 영화, 드라마에서 흘러나오는 대화들은 질서 정연하다. 영상매체에서 흘러나오는 대화는 잘 짜여진 각본에 의해 재생되는 말(대사)이기 때문이다.

대사는 철저하게 계산된 언어이며, 불필요한 언어를 걸러낸 절제된 언어이다. 또한 대사는 주제와의 통일성을 벗어나게 되면 알맹이 없는 말장난이 될 수 있기 때문에 작품의 주제의식을 떠올리며 대사를 써나가야 한다. 작품을 접하는 대상층에 따라서는 언어의 난이도까지도 생각해두어야 한다. 이와 같이 대사는 하나의 영상 작품을 완성하기 위해 규제와 제약 속에서 탄생되는 언어이다.

## (4) 기호

일종의 카메라 워킹을 표시하는 기호이다. 예를 들어 <엄마의 재봉틀>의 첫 번째 신에 'VO'이라는 기호가 있다. 이 기호는 등장인물의 목소리가 프레임 밖에서 들려오는 것을 의미한다. 이 밖에도 시나리오에 필요한 여러 가지 기호들이 있다. 시나리오에서 자주 사용하는 기호들은 다음과 같다.

- F.I(Fade In) : 화면이 차츰 밝아짐.

- F.O(Fade Out) : 화면이 차츰 어두워지는 것.
- C.U(Close Up) : 일부분을 크게 확대하여 보여주는 것.
- O.L(overlap) : 하나의 화면과 끝과 다음 화면의 처음을 부드럽게 포개는 기법.
- W.O(Wipe Out) : 한 화면 일부가 닦아내는 듯이 없어지며 다른 화면이 나타나는 수법.
- DIS(Dissolve) : 오버 랩과 같은 것인데, 살짝 짧게 하는 것.
- INS(Insert) : 삽입화면, 일련의 화면에 신문이라든지, 편지 같은 화면이 끼는 것.
- Na(Narration) : 화면 밖에서 들려오는 설명체의 대사.
- E(Effect) : 효과, 주로 화면 밖에서의 음향이나 대사에 의한 효과를 말함.
- T.U(Track Up) : 피사체를 향해서 전진하며 촬영하는 것.
- T.B(Track Back) : 피사체에서 후퇴하며 촬영하는 것.
- F.B(Flash Back) : 순간적인 짧은 화면과 화면을 이어서 하나의 뜻을 가지게 하려는 것으로서, 격렬한 심리의 움직임을 표현하려는 경우에 흔히 쓰임.
- V.O(Voice Out) : 화면 밖에서 들려오는 목소리.
- T.D(Tilt Down) : 카메라를 위에서 아래로 이동.
- T.U(Tilt Up) : 카메라를 아래에서 위로 이동.
- PAN(Pan Shot) : 카메라를 좌에서 오른쪽으로 이동. 혹은 오른쪽에서 좌로 이동.
- F.I(Frame In) : 피사체가 프레임 안으로 들어오는 것.
- F.O(Frame Out) : 피사체가 화면 밖으로 사라지는 것.


- 나도 애니메이션 작가!----------------------★
자신이 기획한 애니메이션을 시나리오 형식(장소, 지문, 대사, 기호)에 맞춰 창작해보자.

제3장
애니메이션 스토리텔링 읽기

<신데렐라> 이야기를 떠올려보자. 이 이야기는 유럽에서 옛날부터 구전되던 이야기로, 언제부터 이야기가 전해지기 시작했는지는 정확하게 밝혀진 바가 없다. (신데렐라는 유럽에서 구전되던 대표적인 의붓자식 이야기로 프랑스의 동화작가 페로(Les Contes de Perrault)에 의해 정리되었다) 다만, 세월이 흐르면서 '신데렐라'를 이야기하는 방식이 달라지면서 여러 가지 형식으로 전해져 내려왔다. 문자가 없던 시대에는 화톳불 가에 두런두런 둘러 모인 가운데 이야기꾼의 입에서 또 다른 이야기꾼의 입을 통해 이야기를 '듣게'되었고, 문자 시대가 오자 책자에 이야기를 기록해 보다 많은 사람들이 이야기를 '읽게' 되었고, 연극과 마당극을 통해 이야기는 '보여 지게' 되었고, 카메라가 발명되고 영화가 대중화되면서 이 이야기는 극장에서 전 세계인들이 동시에 '보고 듣게' 된다. 똑같은 이야기이지만 셀 수 없이 많은 세대에 걸쳐 다양한 형태로 대중들과 만나게 된 것이다. 그리고 이렇게 쏟아져 나온 창작물들을 공통된 특성에 따라 분류하기 위하여 다양한 체계가 고안되었고 <장르>라는 명칭 하에 분류되었다. 그러나 모든 체계들은 각기 다른 이야기적 요소들을 분류 기준으로 삼았기 때문에 당연히 각 체계별로 장르의 내용과 수가 달라졌다.

애니메이션 <신데렐라> 중에서

고대의 아리스토텔레스는 극을 결말 부분에서의 가치 대 이야기 설계 방식으로 구분함으로써 장르라는 개념을 정리하였다. 비극, 간단한 희극, 복잡한 비극, 복잡한 희극이 바로 그것이다. 그러나 지난 몇 세기에 걸쳐 이와 같은 장르 체계의 경계가 점차 뒤섞이거나 팽창하면서 아리스토텔레스가 천명한 체계의 명백성은 사라졌다.

오히려 학자들의 장르 이론보다는 관객과 독자들이 장르에 대한 전문가로 나서게 된다. 이는 액션, 공포, 멜로, 코믹, 역사 등으로 분류된 동네 비디오 가게에서도 쉽게 확인 할 수 있을 것이다. 즉, 장르란 내러티브의 서로 다른 종류를 구분 짓는 방법의 하나로 풍자와 코미디, 비극과 익살극 간의 차이를 묘사하는데 익숙한 문학연구에서 차용한 '장르'라는 용어가 영화와 애니메이션 분석에도 유용한 도구가 되어 온 것이다.

장르는 관객에게 그들이 보는 내러티브의 종류를 빠르게, 다소 복합적으로 파악할 수 있게 하는 약호, 관습 및 시각 스타일들의 체계이다. 장르의 이러한 측면은 관객의 기대 영역을 정한다. 그것은 무엇을 기대해야 할지를 관객에게 말해주거나 충족될 수 없는 기대를 관객에게 제공함으로써 의도적으로 현혹시킬 수 있다.

이처럼 장르들은 관객의 능력과 경험에 의존한다. 그러나 많은 영화들이 너무 예견 가능하고 장르 범위에 너무 매여 있는 까닭에 실패를 겪기도 하고, 다른 한편으로 어떤 영화들은 간단히 이해되지 않아 실패하기도 한다.

장르의 종류는 딱히 정해져 있는 것이 아니다. 장르는 시대에 따라 역동적이며 변화한다. 이와 관련하여 그래엄 터너는 장르가 적어도 세 개의 세력 그룹, 즉 산업과 제작 관행, 관객과 그들의 기대, 능력, 개별 텍스트의 장르 전체에의 기여의 산물이라는 것을 이해하는 게 중요하다고 말한다.

이 세 개의 세력 그룹에 의해 현재 대중들에게 사랑받는 장르가 내일이면 식상한 장르로 잊혀질 수도 있으며, 역으로 현재 대중들에게 외면 받는 장르가 내일이면 대중들에게 신선하게 다가설 수도 있는 것이다. 혹은 서로 다른 장르가 결합되어 새로운 장르가 탄생될 수도 있다. 이처럼 장르는 변하지 않는 것이 아니라 늘 관객과 제작자 그리고 각 개별 텍스트들에 의해 늘 변화되기 마련이다.

이러한 장르적 특징으로 인해 장르를 구분하는 기준이 일정하지는 않지만, 영상문화와 관련하여 장르 개념을 정리해보면 다음과 같다.

"장르 개념은 특별한 목적을 위해 평론가들이 만들어낸 문법이 아니다. 그것은 일련의 문화적 관습이다. 장르란 우리가 그렇다고 공통적으로 믿고 있는 어떤 것이다. 장르에 대한 개념이 특별히 흥미로운 이유는 장르가 당장의 영화비평을 위해서라기보다는 영화제작자, 영화, 그리고 관객 간의 심리학적 · 사회학적 상호작용에 관한 탐구를 위한 것이기 때문이다"

그러나 이러한 영화적 장르 구분이 애니메이션으로 넘어오면서 약간의 오해가 있다. 대표적인 오해가 애니메이션을 영화의 한 장르로 포함시키는 경우와 애니메이션 장르를 소재에 따라 셀 애니메이션, 클레이 애니메이션, 인형 애니메이션 등으로 나뉜 것을 '애니메이션 장르'로 보는 견해이다.

애니메이션을 영화의 한 장르로 보는 원인은 영화=성인용, 애니메이션=어린이용 이라는 고정 관념에서 비롯된 것이며, 소재별 구분에 따른 장르 구분은 애니메이션의 제작 방식이 다른 예술 장르에 비해 다양함에서 비롯된 것이라 할 것이다.

장르란 앞서서 밝힌 바와 같이 '영화의 양식, 스타일, 주제, 극적 구조, 분위기 등 유사한

표현상의 인습적 요소를 바탕으로 해서 동일한 영역으로 분류한 것'으로 애니메이션 장르의 기준 역시 위와 같은 방식으로 분류되는 것이 정당하다.

물론 애니메이션은 작품을 누가 보느냐와 무엇을 말 할 것인가에 따라 장르의 기준과 선택이 달라지기 때문에 장르의 기준이 어려운 한편, 단순하게 흘러갈 가능성이 많다. 이는 애니메이션이 기본적으로 '어린이'를 포함하는 경우가 많기 때문에 벌어지는 현상이라 할 것이다.

이로 인해 애니메이션은 다른 예술 장르와는 다르게 누구를 위해, 무엇을 위해 만드는가가 중요하다. 만일 어린이를 대상으로 할 경우 같은 장르라 할지라도 어린이들 눈높이에 맞춘 플롯과 주제를 고민해야 하기 때문이다. 바로 이러한 것을 염두에 두고 고려해야 할 것이 장르이다. 즉, 누가 봐 주기를 바라는가에 따라 전체적인 색깔이 달라질 수밖에 없으며, 가족용인지, 어린이용인지, 성인용 인지를 명확히 하지 않으면 그 애니메이션의 추구하는 바가 모호해질 수밖에 없는 것이다.

이에 본 장에서는 이야기의 주제와 설정, 역할, 사건, 가치의 상이성에 기초하여 분류한 장르를 기초로 하되, 애니메이션의 가장 보편적인 장르로 알려진 것들을 중심으로 살펴볼 것이다. 또한 외국에서 만들어진 애니메이션이 아니라 90년대 이후 제작된 한국 애니메이션 작품 중에서도 애니메이션의 주류를 이룬다고 해도 과언이 아닌 공상과학 애니메이션과 애니메이션의 주요 관객 대상인 어린이를 포함하여 애니메이션의 특성을 가장 적극적으로 표현할 수 있는 환타지 애니메이션에 초점을 맞춰 살펴볼 것이다. 이를 통해 독자들은 영화와 문학과는 다른 애니메이션의 특성을 고려하여 장르별에 따른 애니메이션 스토리텔링을 보다 재미있게 감상하고 읽을 수 있을 것이다.

# 1. 애니메이션 〈마리 이야기〉 스토리텔링 읽기

환상이란 무엇인가? 눈에 보이지 않는 헛된 것들을 쫓는 망상인가? 현실에 적응하지 못한 자들이 꿈꾸는 세계인가? 진실이라고는 찾아볼 수 없는 거짓의 세계인가? 아니다. 환상은 눈에 보이지 않는, 감춰진 진실을 표현하는 하나의 방식이다.

문학을 예로 들어 본다면, 20세기의 대표적인 작가 보르헤스의 작품이 바로 그러하다. 보르헤스 작품에 제시된 세계는 온통 비현실적이고 이 세상에 절대 존재하지 않을 것만 같은 미지의 세계인 것 같지만, 사실은 우리가 살고 있는 세상에 기초하고 있다. 보르헤스 소설의 작중인물들은 바빌로니아나 고대 로마와 같은 시대적으로 멀리 떨어져 왕국에 살고 있을 때도 있으며, 바벨의 도서관이나 순환의 폐허와 같은 상상적인 지역에 있을 때도 있지만, 그가 꾸며낸 상황은 우리가 살고 있는 세계를 항상 언급하고 있다.

이와 관련하여 보르헤스는 자기가 쓴 환상소설은 근본적으로 실제 인간에 대한 감추어진 논평이라고 말한 바 있다. 이처럼 환상이란 단순히 현실 도피적인 것이 아니라 현실과 밀접한 관계를 맺고 있는 것이다. 물론 애니메이션의 환상은 문학이 다루는 환상과 다르다. 그러나 문학과 애니메이션 모두 환상을 통해 이야기하고자 하는 것은 현실에 대한 작가의 또 다른 표현방식이라는 점에서 동일하다.

환상성은 현실에서 벗어나려는 기능과 지배 이데올로기를 전복하려는 두 가지 큰 기능을 갖는다. 이 기능은 상충되는 것 같지만 서로 깊이 연관되어 있다. 현실을 직면하지 않고 도피하려는 행위는 비록 묵시적이나마 기존 체제에 대한 비판을 뜻하기 때문이다.

현실이란 일정한 곳만 일정한 방식으로 보도록 주입된 관습에 지나지 않는다. 그리하여 기존 질서의 세계에서는 결코 일어날 법하지 않는 사건이나 상황을 표현했을 때, 그것은 생생한 전달력을 갖게 된다.

애니메이션 작품에서 환상이 갖는 의미도 바로 여기에 있다. 특히 살아있는 실제 배우와 현실 세계를 카메라에 담는 영화와는 달리 애니메이션은 허구의 이야기 속에 만들어진 인물을 직접 '그려야' 한다는 특성으로 인해 환상과 밀접한 관계를 맺고 있다.

애니메이션 초기의 역사에는 가능한 자연 속의 그것을 모방한 것으로, 시간적 경과나 리듬감 등 자연계 그 자체의 상태로 재현하고자 했다. 그러나 묘사된 그림이 아무리 실재와 똑같다 할지라도 결코 실재일 수 없다. 이와 관련하여 앤디 달리(Andy Darley)는 컴퓨터로 제작된 이미지에 관해, 이것은 아마 '실제'처럼 보이더라도, 그 구성에 있어서 정밀하고 그 규칙의 실행에 있어 논리적인 모든 대상과 환경이 반드시 중층적으로 결정되는, 사실주의적이지만 동시에 사실주의의 전통에서 벗어나는 2차 리얼리즘(second-order realism)으로 정의한다.

이처럼 애니메이션에서는 '리얼리즘'이 사실적인 전제라기보다는 상상적인 전제이며, 단지 실제 세계의 유동적인 조건들을 높이고 보여주는 비교에 의한 상대적인 형식일 뿐이다. 따라서 애니메이션에서 구축된 또 다른 세계는 현실의 법칙과는 구분되는 독자적인 세계 질서를 창조함으로써 완성된다. 그리고 이를 실현시키는 실제적인 도구는 이야기를 엮는 플롯에서부터, 그것이 담아내는 서사 내용, 나아가 이미 있어온 것으로 간주되어 온 익숙한 플롯을 풀어 버리는 해체의 작용에 이르기까지 다양하다.

이에 한국 최초로 안시(Anncey) 애니메이션 페스티벌에서 대상을 받은 <마리 이야기>를 중심으로 애니메이션에서 표현된 '환상성'을 스토리텔링과 연결하여 살펴보겠다.

<마리 이야기>는 1967년 국내 최초의 장편 애니메이션 <홍길동>이 나온 이래 35년 만

에 세계적인 애니메이션 페스티벌인 안시(Anncey) 영화제에서 대상을 받은 국내 애니메이션 사에 있어 중요한 의미를 지닌 작품이다.

●안시 애니메이션 페스티발(Annecy International Animated Film Festival)

　오타와(Ottawa International Animation Festival), 자그레브(Zagreb World Festival of Animated Film), 히로시마(Hiroshima International Animation Festival)와 함께 세계 4대 애니메이션 페스티벌 중의 하나이다. 안시 애니메이션 페스티벌에서 수상한 한국 애니메이션으로는 <마리 이야기>와 <오세암>이 있다.

　<마리 이야기>의 수상을 계기로 각 언론 매체에서는 '수채화풍의 디지털 애니메이션 작품, 실제 어촌과 서울 주택가를 스케치한 것을 배경으로 쓴 뛰어난 디테일, 실제 인물을 찍어 옮겨 리얼리티를 높인 등장인물들의 부드러운 움직임, 매끄러운 색감' 등으로 찬사를 아끼지 않았다. <마리 이야기>는 노랑머리, 빨간 머리, 커다란 눈망울 등 국적 불명의 캐릭터 위주에서 탈피, 우리 주변에서 늘 만나는 얼굴처럼 친근하고 정겨운 한국적 캐릭터들로 많은 관객들에게 신선함을 안겨주었다. 또한 화가의 그림처럼 아름다운 색감, 실사 영화 이상의 섬세하고 정교한 조명, 친근하고 정감 있는 캐릭터들의 독특한 움직임으로 남다른 완성도를 보여주었다.

　그러나 애니메이션이 사운드와 영상 그리고 서사가 상보적으로 융합된 장르라는 것을 고려했을 때, <마리 이야기>는 영상의 완성도라는 성과물을 얻어냈지만 서사에 있어서는 많은 아쉬움을 남겼다. 주인공이 넘나드는 현실과 환상 두 세계의 아름다운 영상을 이야기가 따라가지 못하면서 이미지 묘사로 머물고 만 것이다.

애니메이션 <마리 이야기> 중에서

먼저 <마리 이야기>의 이야기를 들어보자.

<마리 이야기>의 주인공은 남우는 평범한 샐러리맨이다. 그러던 어느 날 어릴 적 친구인 준호의 연락을 받으면서 남우는 유년 시절로 되돌아간다. 그리고 그 유년 시절의 한 토막으로 구름과 산호로 이뤄진 나무숲과 황금빛 들판으로 이루어진 환상의 세계에서 구름을 타고 하늘을 날며, 마침내 '마리'라는 신비한 소녀를 만나기까지의 성장기가 펼쳐지게 된다. 그리

고 회상이 끝나면 주인공 남우는 어린시절 자신의 마음을 사로잡았던 환상의 추억들이 결국은 자신의 삶을 지켜준 순수한 자아였음을 깨달으면서 이야기는 마무리된다. <마리 이야기>의 플롯을 좀 더 구체적으로 정리해보자.

| | 내용 | 주요 공간 | 시간 | 상징 | 환상 |
|---|---|---|---|---|---|
| 도입부 | ① 서울 창공을 날고 있는 새 – 유년시절로 회귀하고 싶은 남우의 마음<br>② 15년 동안 만나지 못한 친구와의 해후.(과학자가 꿈인 준호, 소설가 지망생인 남우)<br>③ 친구로부터 건네받은 유리구슬을 보며 유년시절을 회상하는 주인공 | ① 고층 빌딩<br>② 유람선 | 현재 | 갈매기와 유리구슬 –유년시절에 대한 그리움 | 펄럭이며 날아다니는 종이 |
| 전개 1 | ① 어린시절의 남우와 준호, 숙소개(서울로 떠날 준호 암시)<br>② 문방구에서 유리구슬을 발견하는 남우<br>③ 남우의 가족(아버지가 없는 외로운 남우) | ① 어촌<br>② 바다<br>③ 등대 | 과거 | ① 물고기새<br>② 유리구슬<br>③ 고양이, 요 | ① 책가방 속에 들어있는 물고기새<br>② 문방구에서 발견하는 유리구슬<br>③ 달 위를 겅중겅중 걷는 우주인<br>④ 등대 안에서 망루 밖으로 나가는 물고기 새<br>⑤ 마리를 만나는 남우 |

| | 내용 | 주요 공간 | 시간 | 상징 | 환상 |
|---|---|---|---|---|---|
| 전개 2 | ① 마리와의 만남을 얘기하지만 믿어주지 않는 준호, 공유하지 못하는 환상<br>② 경민을 경계하는 남우<br>③ 숙을 좋아하는 준호, 남우를 좋아하는 숙, 세 사람의 갈등<br>④ 친구 준호와의 이별을 앞두고 마리와의 만남 | ① 등대<br>② 환상의 공간<br>―바다, 하늘 | 과거 | ① 등대 | ① 숙과 헤어진 후, 방이 서서히 바다로 변하는 장면<br>―마리와 큰 개를 만난다.<br>② 엄마를 좋아하는 경민이 자살하는 모습을 상상하는 장면<br>③ 등대 안에서 남우의 호주머니에 들어있는 구슬에서 빛이 나는 장면<br>④ 마리와의 소통과 단절 |
| 위기 | ① 고기잡이를 떠난 준호 아버지와 경민, 그러나 거친 비바람으로 위기에 처하다.<br>② 구슬의 마법<br>―뱃사람들을 구하다.<br>③ 준호와의 이별, 마리와의 이별 | ① 바다<br>② 환상의 공간 | 과거 | | ① 구슬이 원형을 그리며 빛을 발함―길 잃은 뱃길을 비춰줌<br>② 바다 저쪽으로 사라지는 큰개와 마리<br>―마리와의 이별 |
| 결말 | 외국으로 나가는 준호와의 두 번째 이별 | | 현재 | | 구름 속으로 날아가는 버스 |

위에서 보는 바와 같이 <마리 이야기>는 현재에서 과거 그리고 현재로 이어지는 단순한 구조의 이야기다. 특히 이야기의 대부분을 차지하는 주인공 남우의 어린시절은 극적인 사건도, 별다른 갈등도 보여주지 않는다. 이에 대해 감독은 '사건 전개보다 소년의 주관적 환상을 감성적으로 전달하는 데 역점을 두었다'라고 밝힌바 있다. 감독의 이러한 의도를 인정한다 할지라도 현실과 환상의 괴리감으로 인해 관객들이 작품 속에 몰입하지 못한 것은 사실이다.

제작 단계부터 '다양한 구도와 색상' 그리고 '한 장면 한 장면이 아름다운 수채화'라는 등의 찬사를 받으며 주목을 받아온 <마리 이야기>의 서사는 그림과 함께 녹아들지 못하고 마치 그림을 위해 포장된 듯한 구조를 갖추고 있다. 이를 구체적으로 살펴보자.

<마리 이야기>는 도입부와 에필로그를 제외하고는 주인공 남우의 유년 시절의 이야기이다. 먼저 도입부 부분에서 주인공 남우는 자신이 일하는 고층건물에서 눈 오는 거리를 바라보다가 서울 하늘을 날고 있는 새 한 마리를 발견한다. 그리고 회사 동료의 "여행이나 가고 싶다"라는 대사를 통해 주인공 남우의 심리 상태를 말해준다. 새와 여행은 도시에 살고 있는 모든 사람들이 갑갑한 현실에서 탈출하고 싶은 마음을 대표하는 상징이다. 그리고 이 작품은 이러한 보편적인 상상력에서 크게 벗어나지 못한 채 주인공 남우의 어린시절을 추억한다.

유년 시절의 첫 시퀀스는 주인공 남우가 수업 시간에 멍하니 창 밖을 내다보다 벌칙으로 화장실 청소를 하게 된다는 이 장면은 상투적인 표현 방식에서 크게 벗어나지 않는다. 물론 주인공이라고 반드시 극적으로 등장해야 한다는 것은 아니다. 그러나 <마리 이야기>에서 묘사된 주인공 남우가 '내성적'이고 '몽상가'이며 '아버지 없이 성장한 외로운 아이'라는 것이 이야기 속에 자연스럽게 녹아들어 소개되는 것이 아니라, 주인공 남우만의 개별 묘사만으로 따로 맴돌고 있다는 데에 있다. 한 예로, 미술 시간에 남우가 그린 그림을 보고 반 친구들이 모여 숙덕거리는 장면을 보자.

교실 뒤쪽에 걸려있는 아이들의 그림을 보고 있는 숙이와 여자아이들

**친구** : 야, 이거 봐!
**숙이** : 뭔데?
**친구 1** : 누가 그린거지? 걔 거지?

글누림 문화콘텐츠 총서 5

친구 2 : 맞아, 이런 이상한 그림 그릴 애는 걔밖에 없어!

말없이 그림만 뚫어져라 보는 숙이
그림은 화면에 보이지 않는다.

－〈마리 이야기〉 시나리오 중에서

　친구들끼리 나누는 대사이다. 친구 1과 친구 2의 대사에서 주인공 남우는 이름대신 친구들로부터 '걔'로 표현된다. 굳이 이름을 사용하지 않고 '걔'라고 표현한 것은 남우의 남다름을 표현하기 위해 의도적으로 배치한 장면이라는 것임을 알 수 있다. 하지만 작품의 의도와는 달리 이 장면은 관객과의 소통을 단절하는 장면이 되고 말았다. 주인공의 성격을 드러내는 방법에는 행동이나, 대사, 소품 등 여러 가지 방식이 있겠지만 위 장면에서는 같은 반 친구를 굳이 이름이 아니라 '걔'라고 표현할 만한 정당성과 설득력을 상실한 채, 관객들은 주인공 남우의 성격을 강요받게 된다. 그리고 이러한 작위성은 바로 작품의 리얼리티 상실로 이어진다.

엄마 : 사실대로 말씀하지지 그랬어요? 지가 맞을 짓 해놓고 도망간 건데……
할머니 : 이거 매번 신세만 지네! 아니면 얘나 나나 넋 놓고 앉아 있었을 텐데……
경민 : 뭐, 뭘요! 아무것도 아닌데요.
할머니 : 식사해야지.
경민 : 아, 아닙니다. 집에 가서 먹지요, 뭐.
할머니 : 혼자 사는 집에 먹을 게 뭐 있겠어! 얘, 에미야!
엄마 : 예, 어머니!
효진 : (부끄러움을 감추려는 무표정)

괜히 신이 난 경민, 휘파람까지 불며 하던 일을 마무리 짓고 벽 쪽으로 다가간다.
의기양양하게 손을 털며 전등 스위치를 켜는 순간,
전등에 불이 들어오지 않는다.
얼굴빛이 묘해지는 경민.

-&lt;마리 이야기&gt; 시나리오 중에서

　위 장면은 남편을 잃고 어린 아들과 어머니를 모시고 살아가는 남우 엄마에게 호감을 갖고 있는 어부 '경민'이 식당 전등을 갈아준다는 설정이지만, 어부의 부인인 남우의 어머니가 전등 하나 갈아 끼우지 못하는 사실이 현실성을 떨어뜨리고 있다. 한 아이의 엄마로서 갖는 보편적인 '억척성'의 결여와 뭍과 떨어진 섬에서 살아온 여인이 남자의 손을 빌려서만 전등을 갈 수 있는 남우 엄마의 성격은 어촌에 사는 여인이라기보다는 오히려 도시에 살고 있는 여인에 가깝다.
　인물의 리얼리티 결여는 &lt;마리 이야기&gt;에 등장하는 대부분의 인물들에게서 나타나고 있다. 주인공인 남우를 포함하여 다른 보조 인물들 역시, 전체 스토리 구조 속에 녹아들지 못하고 있다. 이러한 현상은 어린시절 남우의 친구인 준호, 그리고 남우를 좋아하는 숙에게서도 반복적으로 나타난다.
　이야기란 오직 사건들과 존재자들이 모두 일어나는 곳에서만 존재한다. 즉 인물들이 없는 사건들은 결코 존재할 수 없는 것이다. 애니메이션은 바로 이러한 서사성 때문에 드라마 예술로 존재하는 것이다. 그러나 &lt;마리 이야기&gt;는 인물 형상화의 실패로 인해 리얼리티의 상실로 이어지게 되고, 이는 곧 현실과 환상의 이원화를 낳게 된다.

애니메이션 <마리 이야기> 중에서

   한 예로, 남우와 마리와의 첫 만남은 등대 안에서 물고기 새를 따라 망루까지 올라갔다가 갑자기 망루에 빛이 발하면서 시작된다. 그러나 등대 안의 물고기 새가 왜 남우를 마리에게로 이끌었는지, 그리고 남우가 왜 현실에서 벗어나 자신만의 또 다른 환상의 세계를 간절히 원하고 있었는지에 대한 관객들과의 교감 없이 일방적인 화법으로 진행된다.

   남우가 마리를 만났다는 이야기를 했을 때 믿으려 하지 않았던 준호처럼 관객들도 눈으로는 남우의 환상 세계를 쫓고 있지만, 남우와는 소통이 철저히 단절된 채 화면을 따라갈 수밖에 없는 것이다. 그리고 아름다운 환상의 향연들을 바라보면서 관객들은 현실에도 환상에도 껴들지 못하고 만다.

감독은 '현실과 환타지의 균형을 어디에 잡을지 많이 생각했다. 대부분의 환타지 애니메이션은 주인공이 환상에 개입하면서 시작한다. 꿈과 모험이 시작되고, 보물을 발견하기도 하고… 그러나 이 영화의 초점은 소년의 성장 이야기이고 환상은 성장에 필요한 어떤 요소다. 그래서 환상의 세계를, 소년이 만나기 전부터 원래 있던 것으로 그렸다. 소년이 환상의 주인도 아니고, 스쳐가듯 그곳에 들어온 인물이다. 그 환상이 어떤 욕구를 반영하기는 하지만, 쟁취하고 소유하는 그런 느낌을 없앤 환상'이라고 말한다. 현실과 환상의 균형점을 유지하면서 환상에 대한 부풀림도, 현실에 대한 남루함도 없이 있는 그대로를 그려내고 싶다는 의미일 것이다.

그러나 <마리 이야기>에서의 황홀한 이미지의 향연은 감독이 경계하던 '쟁취하고 소유하는 그런 느낌을 없앤 환상'도 혹은 관객들이 자신들의 어린시절을 회상하면서 함께 공유할 만한 보편적인 '소년의 성장 이야기'도 작품으로 형상화하지 못한 채 지극히 개인적인 관념에 머물고 말았다.

<마리 이야기>와 비슷한 서사 구조를 지닌 일본의 애니메이션 <추억은 방울방울>을 보자.

● <추억은 방울방울>, 다카하타 이사오 각본 · 감독, 1991.

도시 생활에 만족하지 못하는 직장인 오카지마 다에코는 10일간의 휴가 동안 농촌 일을 거들러 간다. 기차를 타고 시골로 가던 중, 초등학교 5학년 무렵의 자신을 만나고, 농촌생활 동안 과거와 교차되는 현실을 바라본다. 도시오와 이야기를 나누며 다에코는 지금까지의 자신을 돌이켜보고, 단편적으로 떠오르던 과거와 그녀의 현실 속으로 천천히 잠입한다. 그녀는 초등학교 때 자신에게로 이끌려 시골에서 자신의 또 다른 가능성을 인식하고 그곳에 아주 머물기로 결심한다.

두 작품을 비교해보면 <마리 이야기>에 드러난 현실과 환상의 이원적 구성을 보다 구체적으로 알 수 있다. <추억은 방울방울>은 <마리 이야기>처럼 현실과 회상을 교차하며 아름다운 농촌 풍경도 보여주고, 27세의 도시 여성을 등장시켜 추억의 의미를 되짚어보는 작품이다.

직장인인 다에코가 일상에서 벗어나 휴식을 취하기 위해 시골에 내려가면서 추억과 조우한다면 <마리 이야기>에서의 남우 역시 도시에서의 직장 생활을 하다가 친구가 건네준 유리구슬을 통해 과거의 추억 속으로 들어간다. <추억은 방울방울>에서의 주인공인 다에코가 보다 적극적으로 농촌이라는 공간에 뛰어들었다면 <마리 이야기>의 남우는 회상을 통해 자신의 고향과 환상에 젖어들었다는 점이 다르다.

물론 한 주인공은 적극적인 행동파이고 다른 주인공은 소극적인 관념파이기 때문에 작품의 분위기는 크게 달라질 수밖에 없다. <추억은 방울방울>의 경우, 주인공 다에코의 현실과 추억은 명백하게 서로 교차되며, 이야기가 진행되는 것과 함께 관객들 역시 다에코의 추억 속으로 끌려든다. 그렇다고 그녀의 추억에 대단한 사건이나 극적인 갈등이 있는 것은 아니다. <마리 이야기>에서 남우의 현실과 환상 세계 사이의 넘나듦이 비약적이라면 <추억은 방울방울>은 현실과 환상이 주인공의 감정과 함께 자연스럽게 교감된다. 특히 파인애플을 먹는 장면은 섬세하고 사실적인 현실 묘사가 돋보이는 장면이다.

> **야에코** : 먹어본 적 있어?
> **나나코** : 없어, 처음이야.
> …(중략)…

나나코 : 어디서 사셨어요? 아
버지?

아버지 : 긴자에서……

어머니 : 비싸죠?

야에코 : 이거 어떻게 해서 먹
는 걸까?

나나코 : 고리 모양으로 자르는
거야.

야에코 : 어떻게 해서?

나나코 : 모르겠어.

어머니 : 여보, 가게에 있는 사
람에게 물어보지 않
았어요?

아버지 : 음……?

어머니 : 이번 일요일에 먹자꾸
나.

다에코 : 에에? 오늘 먹지 않아
요?

어머니 : 하지만 먹는 방법을
모르잖니.

다에코 : (실망) 으응……

애니메이션 <추억은 방울방울> 중에서

- <추억은 방울방울> 시나리오 중에서

주인공의 아버지가 어느 날 통조림이 아닌 진짜 파인애플을 구해와 모두 좋아하지만, 아무도 먹는 방법을 모른다. 다음날 방법을 알아온 주인공의 큰언니가 알려주는 방법대로 파인애플을 먹지만 통조림으로 먹던 그 맛이 아니라 모두들 실망한다. 이를 통해 감독은 기억 속에 잔존하는 일상을 세심한 관찰로 제시한 것이다.

한편 <마리 이야기>에서 남우가 마리를 만나는 장면을 비교해보자. 엄마에게 호감을 갖고 있는 어부 '경민'이란 사람이 영 못마땅한 남우는 할머니의 잔소리를 뒤로 하고 밖으로 뛰쳐나온다.

애니메이션 <마리 이야기> 중에서

등대 안으로 뛰어 들어오는 남우, 요를 부른다.

남우 : 요!
남우 : 요~~오~~

남우 : 어딜 간 거야?
남우 : 어?

순간 어디선가 튀어나오는 물고기 새. 기겁하며 뒤로 넘어지는 남우.
남우가 일어서려는 순간 다시 무언가가 앞으로 튀어나와 남우를 쓰러뜨리고 간다.

남우 : 뭐, 뭐야? 히히히~~

남우가 나동그라진 상태에서 보고, 요가 물고기 새를 잡으려고 사방을 뛰어다니고 있다.

남우 : 그만해, 뭘 갖고 그러는 거야? 그만 하라니까!

보면 겁에 질려 있던 물고기 새

남우 : 어, 어

여전히 장난치고 있는 남우와 물고기새.

남우 : 하하, 귀여운데!

요는 시무룩해진 얼굴로 구석에 쪼그리고 있다.

남우 : 요, 그러지 말구 이리 와.

망루 중앙에 있는 램프기 등 뒤로 급히 날아가는 물고기새. 의아한 남우, 물고기새가 간 쪽으로 조심스럽게 다가간다. 남우, 램프의 구석에 고개를 들이밀고 새를 찾는다.

남우 : 어!

그 순간 남우의 주변이 갑자기 환상의 풍경으로 바뀐다.

남우 : 우왜!

– <마리 이야기> 시나리오 중에서

이 장면은 남우가 물고기 새를 따라 망루 쪽으로 올라가다가 환상의 세계로 들어가는 내용이다. <추억은 방울방울>의 주인공 다에코와는 달리 <마리 이야기>에서의 주인공 남우는 철저히 고립되어 있다. 가끔 친구인 준호가 남우의 대화 상대가 되어주지만 둘의 대화는 겉돌기만 한다. 게다가 남우가 환상 속으로 들어가는 과정에서조차 남우의 감정 변화는 애매하다.

<추억은 방울방울>에서 다에코가 짝사랑하던 소년의 마음을 확인하고 그 기쁨에 어쩔 줄 몰라 하늘을 날아가는, 극도로 고조된 감정과는 다르게 <마리 이야기>에서의 남우는 환상세계 안으로 들어가는 과정조차 밋밋하고 감정의 굴곡이 보이지 않는다. 결국 남우가 환상세계로 들어가 마리를 만났을 때 '우리 꿈을 꾸는 거지? 그치?'라며 환상을 받아들이지 못하는 것처럼 관객들 역시 현실과 환상의 이질감에서 오는 불편함을 견뎌내야 한다.

<마리 이야기>는 한 장면 한 장면 다양한 구도와 색상으로 펼쳤으며 동작의 부드러움을

강조하여 국내 애니메이션에 큰 영향을 준 것은 사실이다. 그러나 애니메이션은 조형성과 음악성, 그리고 서술성이 서로 융합한 가장 대표적인 장르이다. 한 폭의 아름다운 그림만으로, 또 꿈과 환상적인 분위기만으로 애니메이션은 완성될 수 없는 것이다.

    <마리 이야기>가 보여주려고 한 환상과 일상은 아름다운 색감, 실사 영화 이상의 정교한 조명, 캐릭터들의 독특한 움직임, 혹은 가슴 한 구석을 따뜻하게 채워주려는 소박한 의도만으로는 가능하지 않다. 아름다운 환상을 위해서는 현실에 대한 깊은 통찰력이, 그리고 정교한 현실을 위해서는 비현실적인 것을 현실적인 보편성으로 창조하는 작업이 병행되어야 한다. 그리고 무엇보다 설득력 있는 탄탄한 서사 구조가 선행되었을 때 '현실과 환상'은 감독의 소망처럼 리얼리티를 갖춘 '일상의 환상'이 될 수 있을 것이다.

## 2. 애니메이션 〈원더풀 데이즈〉 스토리텔링 읽기

애니메이션 〈마리 이야기〉 중에서

공상과학, 즉 SF(Science Fiction)에 대한 정의는 견해에 따라 다양하지만, SF라는 어원만으로 개념화한다면 SF란 일반적 허구(fiction) 이상의 공상(fantasy)을 바탕으로 과학적·미래적 소재와 이야기체 형식을 갖는 장르라고 할 수 있다. 다만, 여기서 '미래'라는 개념을 정확하게 집고 넘어가야 할 필요가 있다. SF장르에서 '미래'란 과학(Science)이나 공상(Fiction)과는 무관한 개념이다. 즉 미래 = 과학, 공상이 아니라는 것이다. 예를 들어 영화 <ET>, <인디펜던스 데이>와 같은 작품들은 '미래사회'가 아닌, 당대(현재)적 시간을 배경으로 하고 있다. 하지만

이 작품들은 미지의 영역을 다루었고 또 당대 사회 가공적 차원의 미지란 미래 개념에 포함 된다고 보기 때문에 미래적, 과학적 소재의 영화, 즉 SF물이 되는 것이다.

- SF(Science Fiction)에 대한 여러 가지 정의
- 메릴(Judion Merril) : SF의 핵심은 미래에 대한 예언과 경고에 있으며 기본적으로 SF는 우주, 인간, 현실의 성질을 탐구하는 것이다.
- 스코윈츠(Sam Moskowits) : SF는 과학의 능력으로 불신을 제거하는 것이다.
- 스터전(Thheodore Steurgeon) : SF는 과학이 없었다면 일어나지 않았을 인간의 문제와 그에 대한 해결을 다루는 것이다.
- 에이미스(Kingsley Amis) : SF란 우리가 살고 있는 세상에서는 일어날 수 없는 상황을 인간의 과학 또는 기술로 과장해서 다루는 것이다.
- 스핀랜드(Norman Spinrad) : SF는 기존 세팅(setting), 인물성격, 주제에 있어서 독자의 사고를 요하는 장르이다. 왜냐하면 그것은 과거, 현재, 미래 있었음직한 일들, 그러나 현재의 지식 으로 판단하자면 있지 않았던 일을 포함하기 때문이다. 반면 공상은 있을 수도 없고, 있지도 않았고, 앞으로도 있지 않을 일을 다룬다.
- 수잔(Sontag Susan) : SF영화는 주제적으로 볼 때, 현대의 표준적인 테두리로 가득 찬 우화로 간주된다.

이러한 정의를 전제로 했을 때, 애니메이션에서 SF장르가 차지하는 비율은 환상류와 더불 어 절대적인 우위를 차지하고 있다. 이는 애니메이션이 문학이나 영화가 표현, 제작하기 어려 운 SF의 장르적 속성을 보다 자유롭게 표현할 수 있는 매체로 부상함에 따른 당연한 현상이 라고 할 수 있다.

　　그러나 처음부터 SF장르가 환대를 받아온 것은 아니다. 문학의 경우 SF는 심리적 깊이와 심미적 수준에 결함이 있다하여 다소 열등한 장르, 또는 비주류 문학으로서 비평가들의 냉대를 받아왔다. SF영화 역시 사정은 크게 다르지 않다. 지금까지 만들어진 최악의 영화들을 모아 놓은 *It Came from Hollywood*라는 책의 많은 부분이 SF에 할애되어 있다는 것은 놀라운 일이 아니다.

　　SF애니메이션 역시 상업적 발판에서 과거 지향적 도피주의나 획일적 오락성을 위주로 하는 것은 사실이다. 그러나 그 이면에는 미래 사회의 모습을 통해 현실 상황을 반영하고 비판하려는 문제의식이 내제되어 있다는 점을 간과해서는 안 된다. SF장르가 문학, 영화, 애니메이션에 대중적인 장르로 자리 잡은 이유는 SF장르 대부분이 표면적으로는 미래를 배경으로 하고 있지만, 사실은 현재 과학기술 사회에 대해 대중이 갖는 희망과 공포, 긴장을 선명하게 드러내는 장르이기 때문이다.

　　이번에는 한국의 SF 애니메이션으로 시선을 돌려보자. 한국의 SF 애니메이션은 한국 최초의 SF 애니메이션이라 할 수 있는 <황금철인>(1968)을 비롯하여 <로봇 태권 V>(1976)를 거쳐 <원더플 데이즈>, <엘리시움> 등의 작품들이 끊임없이 기획, 제작되고 있지만 작품성이나 흥행성에서 <로봇 태권 V>를 제외하고는 뚜렷한 성과를 얻지 못했다.

　　그 원인은 어디에 있는 것인가. 작품을 만드는 창작자들에 비해 작품을 관람하는 관객들은 SF장르에 대한 별다른 흥미와 호기심을 갖고 있지 않은 것인가. 그것은 아니다.

애니메이션 <로봇 태권 V> 중에서

　이는 애니메이션의 수용현황을 살펴보아도 알 수 있다. 국내 애니메이션 매니아 층을 형성하고 있는 수용자들의 장르적 관심을 살펴보면 대개 SF 애니메이션류에 집중되어있다. 인터넷 동회 등의 사이트나 게시판에 올라온 논의들은 주로 SF장르와 관련된 애니메이션이고, 그 조회수도 다른 애니메이션 장르보다 상당히 높다는 것을 확인 할 수 있다. 더구나 대중 예술이라는 애니메이션의 특성을 고려할 때, 애니메이션을 제작할 때에는 그 애니메이션을 수용하는 일 반 대중들의 정서에 부합하는 장르를 선정해야 하고, 이에 따라 SF장르가 애니메이션으로 많이 제작되는 것은 당연하다. 다만 관객들이 선호하는 SF 애니메이션은 외국 애니메이션, 특히 일본 애니메이션에 집중되어 있다는 것이다.

이것은 결국 국내에서 만들어진 SF 애니메이션이 수용자들을 만족시키지 못할 이유가 존재한다는 사실을 반영한다. 그리고 그 이유가 무엇인지를 분석해내는 것은 좋은 애니메이션을 창작하는 것만큼 시급한 문제라 할 수 있다. 이 문제를 해결하기 위해서는 다시 원점으로 돌아와 과연 SF 애니메이션이란 무엇인가라는 근본적인 점검이 필요하다. 이와 더불어 SF영화, 혹은 SF문학과의 공통점은 무엇이고 SF 애니메이션의 장르적 특성에 따른 서사적 특징에 관한 고찰이 선행되어야 할 것이다. SF 애니메이션은 애니메이션 고유의 장르라기보다는 SF문학과 SF영화, 그 중에서도 시각적인 요소와 관련해서는 SF영화와는 깊은 관계를 맺고 있기 때문이다.

이에 다음 장에서는 국내 SF 애니메이션의 특성을 살펴본 후, 한국의 SF 애니메이션 중 <원더풀 데이즈>를 선택, 구체적인 스토리텔링을 알아보도록 하겠다.

## (1) SF 애니메이션의 장르적 특성

세계 영화사에 있어 SF장르가 주목을 받는 데는 시간이 걸렸다. 그 이유는 문화적 현실성에 호소하는 장르들이 그렇지 않은 장르에 비해 좀 더 '진지한' 영화로 받아들여졌기 때문이다. 익숙한 이야기 구조, 전형적인 등장인물, 친숙한 도상들로 구성되는 장르 영화는 관객들이 기대하는 것을 안전하게 제공함으로써 영화 산업의 안정을 기하는 특성을 갖고 있다. 때문에 이러한 장르영화는 천편일률적이고 독창성이 없다는 이유로 무시당하면서 진지한 이론적 관심의 대상이 되지 못하다가 60년대 중반부터 70년대에 와서야 비평적 관심의 대상이 될 수 있었다. 그리고 이 시기는 국내 애니메이션의 SF장르가 본격적으로 대중들에게 소개된 시기이기도 하다. 76년부터 90년대까지 제작 상영된 <로봇 태권 V>의 시리즈가 그러하고, 현재까지도 이러한 경향은 계속되고 있다.

물론 애니메이션의 SF장르는 영화와 그 차이가 있기에 전적으로 SF영화로부터 영향을 받았다고는 할 수 없다. 그러나 본질적으로 SF의 모체가 문학에서 시작되어 문학에서는 표현하지 못하는 시각적 효과를 더욱 극대화 할 수 있는 영상으로 이전되었듯이 영상으로서의 SF애니메이션과 SF영화는 장르적 속성에서 크게 벗어나지는 않는다. 다만, 표현방법과 그 기법에 차이가 있을 뿐이다.

하나의 장르로서 SF에 대한 비평적 정의를 내리는 데에는 어려움이 뒤따르지만 SF장르에는 그 자체만이 고유하게 그리고 일관적으로 되풀이하고 있는 이야기, 주제와 양식이 존재한다.

우선, SF장르는 일관된 내러티브 요소를 갖고 있다. 주로 환상 속의 여행이나 우주를 무대로 한 선악의 갈등, 뚜렷이 구분되는 인물 성격과 행동 양식, 예견된 결말 등은 많은 SF장르에서 반복해서 볼 수 있는 이야기 구조이며, 가장 흔한 주제는 '인간성의 상실'이다. 영화 속에서 그려지는 것은 대부분 인간과 과학의 평화로운 공존이 아니라 과학이 제어할 수 없는 진보로 인해 파멸해가는 인간의 모습이다. 특히 과학기술과 인간성의 충돌을 강하게 부각시킴으로써, 테크놀로지의 지배 하에 있는 세계가 얼마나 황폐하게 변질되고 있는가를 강하게 제기하고 있다.

애니메이션 <개미> 중에서

　이러한 주제 의식과 관련한 대표적인 감독으로는 일본의 미야자키 하야오이다. 그는 자신의 작품을 통해 인간의 탐욕이 가져온 종말에 대한 공포를 끊임없이 제기한다. <미래 소년 코난>이나 <바람 계곡의 나우시카>가 바로 그러한 주제의식으로 만든 대표적인 작품이다. 두 작품 모두 전쟁으로 멸망한 지구와 초강력 병기의 전쟁으로 인류가 멸망한 이후의 세계를 그리면서 자연과 세계의 근본적인 진리에 대해 끊임없이 이야기하고 있다. 특히 <바람 계곡의 나우시카>에서 자연은 정화이자 재생이라는 이미지로 표현되는 것과는 달리 인간의 탐욕은 늘 자연의 법칙을 거스르는 것으로 표현되면서 인간의 탐욕이 가져다 준 폐해를 폭로한다.

그리고 이를 통해 종말에 대한 공포를 이야기하고 종말을 향해 달려가는 현실의 인류에 대해 경고한다. 이처럼 SF장르는 대부분 미래를 배경으로 하고 있지만 사실은 현재 과학 기술 사회에 대해 대중이 갖는 희망과 공포, 긴장을 선명하게 드러내는 장르라 할 수 있다.

이와 더불어 SF장르가 다른 장르와 확연하게 구분되는 것은 기술적인 수단을 이용한 시각적 극대화이다. 특히 애

애니메이션 <미래소년 코난> 중에서

니메이션은 제작기법 상, 영화로써 제작하기 어려운 SF장르적 속성을 더 잘 표현할 수 있는 매체로 발전할 수 있게 되는 결정적 요인이 된다.

이러한 시각적 극대화는 스펙터클한 이미지와 액션이 이야기 내용 및 의미와 동등한 위치를 갖게 되면서 이미지 조작과 디지털 기법이 부상하면서 더욱 확장된다. 그리하여 현란한 이미지는 등장인물과 줄거리에 대한 전통적인 관심을 압도하기에 이른다.

거의 모든 상업적 SF영화에서 트릭(Trick), 스펙터클(Spectacle), 판타지(Fantasy)는 두드러진 특징으로 나타나고 있으며 SF 애니메이션에서는 그 특징이 더욱 선명하게 나타나고 있다.

SF의 기본 개념 중 하나인 공상성은 영상적인 시각화를 창출하는데 매우 중요한 수단임에는 틀림없다. 그럼에도 불구하고 이러한 시각적 극대화는 어디까지나 수단적인 것이지 내재

적이거나 결정적인 것은 아니다. 실제 명작으로 상찬을 받는 SF애니메이션은 스펙터클한 이미지나 시각적 가시화를 통한 '감탄'이 아니라, 그 이미지 뒤에 내재된 이야기의 '감동'에서 비롯된 것이다. 그렇다면 한국의 SF 애니메이션은 어떠한가.

## (2) 한국 SF 애니메이션의 장르적 특성

한국 SF 애니메이션은 제작비 절감과 캐릭터 산업을 위한 이유와 깊은 관련이 있다. 1970년대만 하더라도 제한된 제작비로 애니메이션을 만들어야 하는 상황에서 SF 애니메이션은 디즈니식 뮤지컬 애니메이션처럼 정교한 동작을 필요로 하는 작품보다 동화수가 적기 때문에 비용이 적게 들고, 제작사들이 완구 업체를 후원사로 두어 제작비를 충당할 수 있다는 이점에서 비롯되었다.

그러다 애니메이션의 산업이 본격적으로 재기된 1990년대 이후에는 관객들의 익숙한 작품을 통해, 위험부담을 줄이기 위해 만화책이나 고전을 각색한 <아기공룡 둘리>, <붉은 매>, <돌아온 영웅 홍길동>, <임꺽정>, <난중일기>, <장보고> 등을 제작, SF 애니메이션 장르는 잠시 주춤하는 듯 했지만 <아마게돈>, <전사 라이언>, <철인사천왕> 그리고 2000년대에는 <원더풀 데이즈>, <엘리시움> 등이 꾸준히 제작되어 왔다.

하지만 1996년, 많은 사람들의 관심을 받고 개봉한 <아마게돈>은 엉성하고 빈약한 이야기 전개와 눈에 거슬릴 정도로 셀과 어울리지 못한 컴퓨터 그래픽 그리고 섹스 신과 액션 신을 적당히 섞어 관객을 유지하려는 안이한 제작 태도 등 많은 문제점을 남기고 말았다. 물론 그 당시 기술 수준에서 컴퓨터 그래픽이나 색 지정 등 기술적인 면은 이전 시기와 비교했을 때 많은 발전이 있었던 것은 사실이다. 그러나 애니메이션에서 중요한 것은 화려한 그래픽이나 그림 이전에 스토리와 구성임을 알려준 작품이기도 하다.

그리고 <아마게돈> 이후에 제작된 대부분의 SF 애니메이션 역시 이러한 한계를 극복하지 못했다. 1997년 제작비 30억원과 전문 인력 450여 명을 투입, 2년간의 장기 제작을 거쳐, 3차원의 컴퓨터 그래픽 등 당양한 제작기술이 동원된 <전사라이언>도 15만 관객에 그치고 말았다. 다시 2년 후, 한국 최초의 100% 디지털 장편 애니메이션을 표방한 <철인사천왕>이 개봉되었으나 이 작품 역시 할리우드 컴퓨터 애니메이션에 훨씬 못 미치는 기술수준과 허술한 이야기 전개로 흥행에서 참패를 할 수 밖에 없었다. 그리고 2003년 150억원이라는 국내 최대의 제작비와 7년이라는 제작기간을 거쳐 완성된 <원더풀 데이즈>와 <원더풀 데이즈>보다는 일찍 기획·제작되었으나 극장을 잡지 못해 2003년에 개봉한 <엘리시움> 역시 관객 동원에는 실패한다.

사실 <원더풀 데이즈>와 <엘리시움>은 이미지나 기술적인 측면에서는 상당한 진보를 갖고 온 작품이다. <원더풀 데이즈>는 미니어처 배경으로 리얼리티를 한층 더 높였고 <엘리시움> 역시 다양한 캐릭터와 로봇 매카닉을 등장시켜 화려한 액션과 스펙터클한 전투 장면을 보여주었다. 그럼에도 불구하고 국내에서 제작된 SF 애니메이션이 작품성이나 흥행성에서 실패할 수밖에 없었던 이유는 아이러닉하게도 SF 애니메이션의 특징이라 할 수 있는, 기술적인 수단을 이용한 '시각적 가시화'에만 집중함으로써 생긴 결과이다.

이와 관련하여 SF영화의 미학과 사회문화적 기능에 대한 분석을 시도한 수잔 손탁은 1950년대

애니메이션 <엘리시움> 중에서

만들어진 SF영화들이 '핵에 대한 근심과 개인적 심리의 조건에 대한 근심'을 반영한다고 보았다. 그리하여 SF영화에 나오는 재난의 규모가 전례 없이 커진 것에 그 이유가 있다면서, SF영화는 과학에 관한 것이 아니라 재난에 관한 것이라며 SF영화를 지배하고 있는 것을 '파괴의 미학'이라고 말한다. 즉 SF영화의 관심은 사정없이 때려 부수거나 파괴하는 것으로 이는 결국 SF영화의 빈약한 내러티브로 이어질 수밖에 없다는 것이다. 수잔 손탁이 지적한 1950년대 SF영화의 특징들은 현재의 SF영화들에서도 본질적으로 같은 모습으로 나타나고 있다.

이러한 '파괴의 미학'이 애니메이션 장르로 이전되면 표현의 자유로움으로 인해 한층 더 심화되어 나타난다. 특히 영웅 중심적 이야기가 지배적인 애니메이션은 주인공의 영웅적 요소를 액션과 초인적인 능력에서 가져오는 것이 일반적인 현상이다. 또한 인물의 미세한 감정표현이 어려운 특성상, 심리묘사를 대신하는 액션과 시각적 요소가 강하게 표현될 수밖에 없다.

물론 시각적 요소가 불필요하다는 것은 아니다. 문제는 이미지화 된 모든 시각적 요소들이 작품이 추구하는 목적에 부합되느냐이다. 개별적인 이미지는 총체적인 이미지 구현에 봉사되어야 하고 총체적인 이미지는 완성도 있는 내러티브 진행이 전제될 때 가능한 것이다.

SF 애니메이션은 공상이자 상상이지만 동시에 우리의 미래이거나, 이미 겪고 있는 현실의 무의식이다. 즉 SF 애니메이션은 현실 세계와 무관한 것이 아니라, 바로 현실세계에서 이루기 불가능하거나 좌절된 꿈과 욕망에서 촉발된 것이다. 예컨대 대중들은 SF 애니메이션에서 보여주는 세계를 통해 각 시대마다의 사회적 인식을 역으로 추출해낼 수 있는 것이다.

하지만 그 동안의 한국 SF 애니메이션은 화려하고 스펙터클한 이미지는 내세웠지만, SF에서 주요하게 다뤄지는 인간성에 관한 깊이 있는 주제나, 관객들이 작품에 몰입할 수 있는 핍진성 없이, 이야기 없는 이미지의 나열만으로 이루어졌다는 데 그 문제가 있다.

애니메이션은 영화처럼 현실을 그대로 반영한 것이 아니기 때문에 핍진성은 상대적으로 부족하다. 게다가 SF는 가상의 시공간을 배경으로 하기 때문에 작품 자체만으로 핍진성에서 오는 공감을 주는 것은 용이한 일이 아니다. 이 때문에 미국 SF 애니메이션의 핍진성은 테크놀로지를 가장 효과적으로 활용, 막대한 자금력과 기술력으로 시각적으로 그럴듯한 영상을 만드는 것에 중심을 두고 있으며 내용에 있어서는 익숙하고 낡은 스토리에 기반 한다는 특징을 갖고 있다.

한국의 SF 애니메이션 역시 이러한 미국 애니메이션의 테크놀로지로부터 많은 영향을 받았다고 할 수 있다. 그러나 비록 미국의 애니메이션이 교훈적이고 계몽적이며 이로 인해 사회적 담론에 충실히 따른다는 문제점은 있지만, SF 애니메이션이라는 장르가 가진 사회·문화적 의미를 상실하고 있지는 않다.

● 미국과 일본의 SF 애니메이션의 특징

　　한국과 일본의 경우 SF물 장르가 강세인 반면 미국에서는 SF물이 대부분 실사 영화로 제작
되고 있으며 극장용 장편 애니메이션으로는 제작 선례가 거의 없다고 해도 과언이 아니다. 미
국의 극장용 애니메이션은 자체 창작이야기를 바탕으로 한 동물, 곤충이야기(<벅스 라이프>,
<톰과 제리>, <개미>, <라이온 킹> 등)가 많은 반면, 일본의 애니메이션은 수많은 로봇과
가면을 쓴 초인이 등장한다.

　　한국 SF 애니메이션은 산업적으로나 사회적으로나 열악한 조건에서 만들어진 <로봇 태권
V>보다 테크놀로지는 분명 진보한 것은 사실이다. 그러나 이야기로 들어가면 사정은 달라진
다. 오히려 <로봇 태권 V>는 1990년대 이후의 SF 애니메이션에 비해 고립되고 단절된 내면
의 세계에 갇힌 인물들의 묘사를 통해 현대의 인간상을 나름대로 핍진성 있게 보여주고 있다.
　　결국 한국의 SF애니메이션이 긴 생명력을 갖기 위해서는 영화로써 제작하기 어려운 SF장
르적 속성을 더 잘 표현할 수 있는 매체로 발전하고, 나아가 SF장르의 기본적인 문제의식이
자 주제의식이라 할 수 있는 '인간성의 상실' 혹은 '미래 사회에 대한 전망' 등 현실 사회에
대한 비판적 의식을 견지할 때만이 가능할 것이다.

## (3) SF 애니메이션 〈원더풀 데이즈〉의 스토리텔링

　　<원더풀 데이즈>는 2D 셀 애니메이션(인물부분), 3D(동작), 미니어처(배경) 촬영이 모두
동원된 한 마디로 '기술의 승리'이다. 2D와 3D의 합성은 매끄럽고 유려하며 미니어처 촬영도

공감각적 효과를 발휘함으로써 한 컷 한 컷의 시각적 효과는 높은 완성도를 자랑한다. 특히 인물 캐릭터들은 2차원(D) 셀 애니메이션으로, 배경은 3D 컴퓨터 그래픽으로, 그리고 중요한 부분은 미니어처로 만들거나 실사로 찍어서 디지털로 손질하는 등 섬세한 테크놀로지는 그동안 '국내 애니메이션은 제작 능력이 떨어진다'라는 불신을 한 순간에 해소시킨 작품이다.

그러나 <원더풀 데이즈> 개봉 후, 대부분의 평자들이 한결같이 '스토리'의 부재를 지적했을 때 '드라마를 보려면 차라리 책을 읽어라', '문학은 드라마, 영화는 미장센의 예술'이라며 '구구절절 스토리로 늘어놓지 말자는 원칙 하에 시적인 문법으로 구성했다'라고 대답한 김문생 감독의 답변은 그다지 설득력이 없어 보인다.

물론 이야기만이 영화의 유일한 평가 기준일 수는 없다. 그러나 감독의 대답이 설득력을 갖기 위해서는 관객들이 이야기에 무관심할 만큼의 다른 어떤 것의 비약적인 경이를 보여주거나, 새로운 장르를 창조해 낼 정도의 대안을 제시해야만 한다.

더구나 감독이 언급한 '시적인 구성'이 스토리의 부재라는 결함을 피해갈 수 있는 면죄부가 아니다. '시적인 구성'이란 무차별적인 이미지의 나열이 아니기 때문이다. 영상에 있어 시적 언어란 시가 행에서 행으로 도약하듯 쇼트에서 쇼트로 도약한다는 의미로, 여기에서 <도약>은 일상의 대상들의 의미론적 변형을 전제로 할 때 가능한 것이다.

결국 <원더풀 데이즈>는 서사(이야기) 부재라는 문제로 되돌아올 수밖에 없다. 그렇다면 화려한 이미지와 정교한 그림과 2D와 3D의 절묘한 조화 등 시각적 요소에서 국내 그 어떤 작품에서도 볼 수 없었던 높은 완성도를 자랑하는 <원더풀 데이즈>의 문제는 무엇인가. 스토리를 정리해보자.

서기 2142년, 핵전쟁으로 지구는 멸망하고 살아남은 자들은 시실 섬에 정착하여 오염물질을 에너지원으로 생태계를 복원시키는 '에코반'을 건설한다. 그러나 에코반은 재화를 소유한 1%의 특권층만 수용하는 작은 에코반이 건설되고 나머지 99%의 사람들은 오염된 해안인 '마르'에서 연명해간다.

그리고 에코반이 건설된 지 100년 만에, 지구 환경이 복원되기 시작함에 따라 오염물질을 에너지원으로 하는 에코반은 에너지 위기에 봉착한다. 이에 에코반의 지도자들은 에코반을 포기하는 대신 외부지역을 모두 파괴하여 오염시킴으로써 에코반을 연명하는 쪽을 선택하려고 한다. 그 와중에 푸른 하늘을 동경하며 자란 수하와 제이, 제이를 사랑하는 에코반의 경비대장 시몬 그리고 외부 레지스탕스 인물들이 저마다 꿈과 사랑과 생존을 위해 투쟁한다.

위에서 보는 바와 같이 <원더풀 데이즈>는 수하, 제이, 시몬 세 인물을 중심으로 진행된다. 이 인물 관계는 지극히 전형적인 삼각관계로서 사건 없이 인물 간의 관계를 중심으로 정리해도 이야기에는 전혀 무리가 없을 정도이다.

서로를 사랑하는 제이와 수하, 그리고 그 두 사람의 사이에서 갈등하고 분노하는 시몬이라는 관계는 가장 전형적인 인물 구성이다. 물론 전형적이기 때문에 문제가 되는 것은 아니다.

할리우드 영화사를 살펴보면, 대중적으로 성공한 영화들은 매우 단순한 서사 구조와 전형적인 장르 영화에 기대고 있되 장르 속에서 재미있는 이야기를 꾸려놓은 영화들이다. 할리우드 영화는 진지한 이야기, 복잡한 서사 구조를 통해 관객을 설득하는 대신 이미 주어진 장르의 구조 안에서 이야기를 개발시켜 온 것이다.

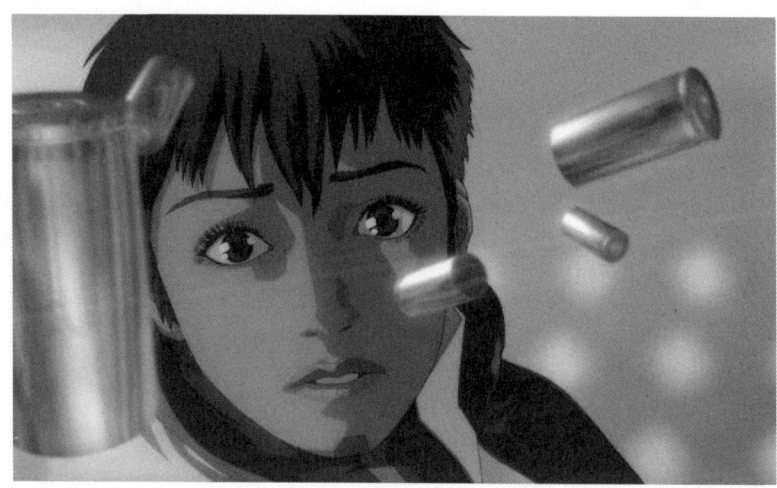

애니메이션
<원더풀 데이즈> 중에서

<원더풀 데이즈>는 인물과 사건 설정에 큰 결함이 있는 것은 아니다. 문제는 그 전형성을 흥미의 요소를 이끌어줄 수 있는 이야기의 부재와 SF장르를 표방했음에도 불구하고 SF장르의 문법을 따르지 않았다는 것이다. 물론 모든 작품이 장르를 답습해야 한다는 의미는 아니다. 어떤 의미에서 관객들로부터 좋은 평가를 받은 작품은 새로운 장르를 창조해냄과 동시에 지난날에는 타당했던 장르의 규칙을 넘어선다. 그러나 <원더풀 데이즈>는 장르를 해체함으로써 새로운 서사 체계를 형성하지도 못했으며, 장르의 전형적인 구조의 틀조차 지켜내지 못하고 만다.

 **등장인물은 있으나, '인물'이 없는 〈원더풀 데이즈〉**

〈원더풀 데이즈〉는 SF장르에서는 쉽게 접근하지 않는 인물의 내적인 갈등에 초점을 맞추고 있다. 하지만 아쉽게도 인물들은 '살아있는 인물'이 아니라 정물화된 '이미지'에 머물고 만다. 이러한 현상은 드라마를 이끌어가는 수하, 제이, 시몬이라는 인물 모두 이야기의 결말로 치닫기 위한 '모티프'가 명확하게 제시되지 않았다는 데서 그 첫 번째 원인을 찾을 수 있다.

작품의 각 부분은 각각의 주제를 갖고 있으며 작품 전체는 통일된 하나의 주제를 갖는다. 작품의 전개 과정은 단일한 주제로 통일된 다양화 과정으로 볼 수 있다. 그리고 작품의 주제 요소를 환원시키면 더 이상 환원이 불가능한 가장 작은 요소와 마주치게 된다. 이렇게 환원 불가능한 주제 요소를 〈모티프〉라 했을 때, 모티프는 생략될 수 없는 관련 모티프와 사건의 인과관계와 시간적 순서 전체 과정에 영향을 미치지 않고서도 생략될 수 있는 자유모티프로 분류할 수 있다.

이와 관련하여 〈원더풀 데이즈〉는 주인공이 제이와 모든 이들에게 '푸른 하늘을 보여주고 싶다'라는 관련 모티프는 분명히 존재하지만 자유 모티프는 존재하지 않는다. 물론 작품의 성격에 따라 자유 모티프는 생략될 수 있는 부분이다. 하지만 〈원더풀 데이즈〉와 같이 인물의 심리적 갈등이 주요한 요소로 작용하는 경우, 등장인물 자신의 행동이나 행위로써 성격을 드러내는 자유 모티프는 필수적인 요소일 수밖에 없다.

이러한 요소가 부재함에 따라 극중에서 주인공 수하가 몇 번이나 반복하여 되뇌는 '푸른 하늘을 보여주고 싶다'는 간절한 바람은 오히려 관객들에게는 강요로 다가옴에 따라 공감을 얻어내는데 실패한다.

'푸른 하늘'에 대한 갈망은 수하의 개인적 화두(話頭)이면서 디스토피아적인 현실에서 유토피아를 지향하는 작품 전체의 화두(話頭)이다. 그러나 문제는 그 푸른 하늘이라는 화두가 주인공인 수하와 제이가 스스로 목숨을 바칠 만큼 자신(수하와 제이)의 삶에 간절하게 들어와 있느냐는 것이다. 오히려 수하가 되뇌는 '푸른 하늘'에 대해 제이는 공유할 추억도 간절함도 없을 뿐더러, 에코반을 유토피아라고 믿고 사는 제이에게 수하가 말하는 푸른 하늘은 한낱 메아리에 불과하다.

애니메이션은 실사 영화와는 달리 인물의 섬세한 심리묘사가 상대적으로 어렵다. 이에 애니메이션은 단순하고 과장된 언어로 외부세계를 형상화함으로써 그 한계를 극복하려는 속성을 갖고 있다. 이에 따라 애니메이션에서 움직임은 실사 영화에 등장하는 인물들의 움직임보다 더 많은 의미를 갖고 있으며 이 움직임은 주로 과장된 액션이나 표정, 그리고 서사의 비약 등을 통해 표현된다.

반면 <원더풀 데이즈>는 위에서 언급한 바와 같이 인물들의 행위나 사건보다는 인물들의 심리로 이야기를 끌어가는 구조로 되어있다. 제이의 경우, 현실과 이상 사이에서 오는 내면적 자아에 대한 갈등과 고민이, 수하는 사랑하는 연인을 향한 안타까움과 분노가 주된 갈등이다. 이들에게 있어 에코반과 마르라는 공간적 배경과 에코반 폭파 등이라는 '사건'은 부차적인 요소일 뿐이다.

행위를 제외한 인물은 없으며, 인물로부터 독립된 행동도 없다. <원더풀 데이즈>가 인물

간의 섬세한 갈등구조를 지향한다 할지라도 애니메이션의 표현적 한계, 즉 심리묘사의 어려움을 뛰어넘을 만큼의 인물에 대한 감정 선이나 동선 그리고 갈등구조를 정확하게 제시하지 못한 채 엔지니어적인 움직임으로 일관했다. 이로 인해 등장인물은 있으나 인물은 부재하는 현상을 낳게 한 것이다.

인물이란 잠재된 이야기이며, 그것은 그의 삶의 이야기이다. 모든 새로운 인물은 새로운 플롯을 의미하며 우리는 이야기하는 사람의 왕국에 있다. 예를 들어 <아라비안나이트>에서 포악한 임금의 신부가 된 세헤라자드는 오로지 이야기를 계속할 때만이 살 수 있다. 이야기는 목숨이고 이야기의 부재는 죽음인 것이다. <원더풀 데이즈>가 인물 묘사에 실패한 원인은 바로 여기에 있다.

SF장르는 사실주의 영화처럼 치밀한 극적 구성, 인과관계의 개연성 등에 치중하기보다는 특정한 종류의 허구세계, 광활한 우주 공간, 우주선의 내부 지리, 그리고 일상생활과 다른 현실 밖의 세계를 사실감 있게 보여주는 데 그 역점을 둔다. 하지만 <원더풀 데이즈>는 SF장르의 이러한 특징적 요소를 적극 활용하여 기왕의 내러티브의 약점을 보완하기 보다는 어설픈 인물 묘사에 초점을 맞춤에 따라 SF장르의 특성을 살리거나, 혹은 이를 파괴하여 새로운 장르를 개척하는데 성공하지 못했다.

### ❷ S-FX로서는 성공하지만, SF로서는 실패한 〈원더풀 데이즈〉

SF장르는 과학기술과 미래의 기본 개념과 작품화의 원천인 공상이라는 세 가지 요소를 갖고 있다. 과학기술문명, 미래, 상상력의 세 가지 요소는 SF영화의 필수 전제이자 기본 개념이며, 과학문명 및 미래에 대해 비평적 입장을 취하느냐의 여부에 따라 SF영화 장르는 사회(시대)성·작가성·예술성을 획득할 수도, 반대로 개인(오락)성, 대중성, 상업성을 향해 치달을 수도 있다.

그러나 SF장르를 공상과 미래, 우주에만 연결시켜 '터무니없는 허구'라고 생각한다면 착오이다. 오히려 SF장르는 주제 면에서는 과학과 테크놀로지에 대한 비판, 타자(외계인 또는 외부세계)에 대한 이해, 미래에 대한 비전, 그리고 문명과 자연에 대한 성찰을 제공하며, 기법 면에서 그것은 시간과 공간의 초월, 과거의 미래의 연결, 의식과 무의식의 혼합, 그리고 순간과 영원의 합일을 가능하게 해주는 독특한 내러티브를 제공해준다. 특히 영상으로서의 SF장르는 인간의 마음속에만 존재하는 세계를 표현하기 위해 수많은 기술적인 수단을 이용한 영상의 가장 탁월한 작품 중의 하나라고 할 수 있다.

반면, 이러한 SF장르적 특성이 국내 SF 애니메이션으로 이전되면 SF는 사라지고 SF영화의 기법인 S-FX만 남는 현상이 종종 벌어진다.

●S-FX의 의미

S-FX의 약칭은 special에서 S를 따와 에펙스(관례상의 발음 및 촬영대본상의 약호에서 유래한 EFX)와 합성하여 쓰인 단어이며 간혹 SP-EFX로 적기도 한다.

애니메이션 <원더풀 데이즈> 중에서

그러나 S-FX는 말 그대로 시각상의 특수효과(special effects)일 뿐이다. 특수효과란 영화적인 환상 효과를 내기 위한 시각상의 조작기법을 말하며 촬영, 편집 및 모형작동 과정에서 광학, 물리, 미술적 기법의 동원 등을 의미한다. 이 말은 곧 S-FX란 SF화의 영화적 공상성을 강조하거나 극대화시키는 기법이자 그 실현 수단인 기술이지, SF영화의 절대적인 요소가 아니라는 의미이다. 물론 20세기 후반에 들어 기술과 특수 효과의 발달로 스펙터클한 이미지와 액션이 이야기 내용 및 의미와 동등한 위치를 갖게 된 것은 사실이다.

특히 SF장르는 '불가지한' 미래의 사회와 테크놀로지를 다루는 만큼, 대체로 스펙터클한 이미지로도 관객들의 몰입을 쉽게 유도할 수 있다는 특성을 갖고 있다. 이로 인해 이야기의 줄거리나 구조, 인물의 성격과 구도, 주제의식과 메시지, 극전개의 호흡과 배경이 단순해지고 그 중요성이 모험세계의 신비성이나 화면의 특수 효과 스펙터클에 가려진다. 영화의 성공을 작품의 드라마적 기반에 두지 않고 이미지의 화려함과 흥미에 의존하기 때문이다.

그러나 SF장르란 과학적 토대 위에서 현실과는 다른 가상세계를 제안하는 하나의 담론 형식이다. 작품에 묘사된 '미래'가 설득력 있는 '현실'의 문제로 다가가기 위해서는 애니메이션 속에서 일어나는 사건과 행위에 타당한 동기를 부여할 수 있는 과학적 근거와 풍부한 작가적 상상력이 뒷받침되어야 하는 것이다. 이렇게 보았을 때 SF 그 어떤 장르보다도 수준 높은 문학성과 미래를 내다볼 수 있는 예지력을 필요로 하는 장르라 할 것이다.

<원더풀 데이즈>는 모든 평자들이 한결같이 입을 모아 칭찬하듯, 한국 애니메이션 사상 독창적인 제작기법으로 놀라운 비주얼의 기술력을 보여준, S-FX로서는 전혀 손색이 없는 작품이다. 그러나 SF의 부차적 요소인 S-FX는 존재하지만 SF의 주요 요소인 과학기술과 미래 그리

고 공상(상상)은 부재한다. 정교하고 사실적이지만 엔지니어가 빚어놓은 듯한 인물들의 기계적 감정 선이 그러하고, 요란한 시동소리를 내며 바이클을 타고 우울한 미래의 도시를 질주하지만, '바이클'만 존재할 뿐 미래의 인물은 보이지 않는 것이 그러하다. 분명 디스토피아로 미래를 그린 작품이지만 인간 존재의 의미와 인간적 삶의 문제들을 조명하고 반성하는 모습은 보이지 않는다.

SF영화는 특수효과를 거의 배재한, 건조하고 구경거리가 없다시피 한 작품도 존재 가능하며 S-FX의 두드러진 활용 없이도 훌륭하게 SF영화는 성립된다. 영화의 경우를 예로 들어보자. 리들리 스코트 감독의 <블레이드 러너>(1991), 안드레이 타르코프스키의 <솔라리스>(1972) 그리고 로버트 와이즈의 <지구가 멈추던 날>(1951) 등과 같은 작품들은 S-FX기법은 거의 활용하지 않았지만 합성인간과 인간이 공존하는 음울한 미래 사회를, 시간과 영혼의 문제를 탐구하는 철학적 사변을, 냉전 시대의 평화를 갈구하는 메시지를 통해 인간적 삶의 의미에 관한 근원적 성찰을 묘사하는데 성공한다.

SF장르가 다른 장르와 확연하게 구분되는 기술적인 수단을 이용한 시각적 가시화라는 특성을 무시한 채 작품의 내용만을 강조하자는 것은 아니다. 다만, 스펙터클한 이미지와 나날이 새로워지는 특수효과 기술 등의 눈부신 진보가 SF장르가 제공하는 다양한 모티브들과 연결될 때 시각적 공상화는 성공할 수 있다는 것이다. 종말론적인 비전과 경고, 자연과 환경의 파괴에 대한 경고, 과학과 문명에 대한 불신 등은 그 대표적인 예가 된다. 특히 SF장르의 특성인 시간과 공간의 초월은 과거와 현재와 미래를 연결시켜 인류의 역사와 미래를 한눈에 조감하도록 해줌으로써 탁월한 효과를 성취할 수 있을 것이다.

금누리 문화콘텐츠 총서 5

애니메이션은 분명히 시각매체이긴 하지만 단순한 구경거리 이상의 것이다. SF장르도 마찬가지이다. 리얼리즘과 구분되는 지점에서 SF 애니메이션이 제기하는 것은 단순한 가상현실, 혹은 공상 속에만 존재하는 미래가 아니라 우리의 일상에 와 닿는 진짜 현실의 문제들이라는 것을 잊어서는 안 될 것이다.

제4장
애니메이션 스토리텔링 따라잡기

# 1. 애니메이션 스토리텔링, 진실을 담은 거짓말

애니메이션은 현실에 존재하는 사물이나 사람을 카메라에 담는 것이 아니라 인간의 상상을 거쳐 나온 2차적 존재로 모두 창조된 것들이다. 그리고 이러한 특성은 애니메이션 서사의 특성으로 이어져 이야기의 발상도 현실의 재현이라는 리얼리티에서 훨씬 자유롭다.

이러한 애니메이션의 특성을 서사 예술의 대표적 예술 장르인 문학과 비교하였을 때, 문학에 있어 '환상'은 '리얼리즘'에 묻혀 터부시되어온 역사를 갖고 있다. 리얼리즘은 기본적으로 새로움과 입증 가능한 진리에 의존한다고 믿었기 때문이다.

그렇다면 애니메이션에 있어 환상은 무엇인가? 비사실적인 플롯과 낯선 이미지로부터 관객이 얻는 것은 무엇인가? 현실로부터의 도피인가? 현실에서 벗어나고 싶은 단순한 욕망인가? 단지 그것뿐인가? 애니메이션은 현실에 대한 반성이나 진리와는 무관한 것인가?

환상이라는 말은 견고한 리얼리즘을 추구하는 이들에게 일견 허황되고 도피적이며 사치스럽게 들릴지 모른다. 그러나 환상은 현실과 더불어 동전의 양면을 이루는 리얼리티의 한 면이지, 결코 현실과 단절된 것이 아니다. 문제는 애니메이션에서 표현하는 환상이 과연 현실의 한 단면을 얼마나 충실히 담아낼 수 있느냐에 달려있다.

## (1) 애니메이션, 극대화된 상상력으로 현실을 표현하고 보여주다

애니메이션은 허구의 이야기 속에 만들어진 인물을 직접 '그려야' 한다. 움직일 수 없는 대상에 움직임을 부여함으로써 생명을 불어넣는다는 특성은 애니메이션 서사의 특성과도 긴밀한 관계를 맺는다. 실례로, 애니메이션 <오세암>의 주인공인 길손은 약 5~6세 정도의 어린

글누림 문화콘텐츠 총서 5

아이이다. 그러나 실제 스크린에 등장한 주인공은 5~6세 아동의 특징적인 외모나 말투를 묘사하여 어린아이로 형상화한 것이지, 실제 사람이 등장하는 것은 아니다. 이는 사물을 의인화하는 경우도 마찬가지이다. 만약 막대 사탕을 등장인물로 하고 싶다면 움직이지 않는 막대 사탕을 그림으

애니메이션 <오세암> 중에서

로 그려 사람처럼 눈, 코, 입 등을 그려주거나 팔과 다리를 만들어줘서 말도 하고 생각도 할 수 있는 캐릭터로 만들 수 있다.

이러한 특성은 곧, 이야기의 발상 자체가 영화나 소설과 다르다는 것으로 이어진다. 영화나 소설이 현실을 허구로 재구성한다면 애니메이션은 현실세계를 배경으로 한다 할지라도 이를 다르게 변형시킬 뿐만 아니라 그 상상력을 극대화할 수 있고, 극대화 했을 때 애니메이션의 서사적 특성을 최대한 발휘할 수 있다.

한국의 애니메이션 서사 역시 이야기의 발상은 애니메이션적인 상상력에서 출발하지만, 이야기 전개를 따라가다 보면 기발한 아이디어와 상상력만 나열되어있을 뿐, 전체의 이야기는 사라지고 이미지의 상찬으로 일관되고 있다. 이로 인해 애니메이션에서 표현되는 환상적인

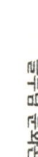

내용들이 현실과 이원화되는 현상이 나타나면서 인물 형상화의 리얼리티 결여로 이어진다. 실제 <마리 이야기>에 등장하는 주인공 남우를 비롯하여 그 친구들과 가족들의 캐릭터가 생생하게 묘사되지 못함으로써 관객들은 인물 속에 빠져들지 못하고 이로 인해 현실과 환상 두 세계의 아름다운 영상을 이야기가 따라가지 못하고 있다.

애니메이션 서사에 있어 현실과 환상의 이원화를 가져오는 주요 요인 중의 하나는 인물에 대한 형상화의 부족에서 기인한다. 그동안 국내 애니메이션에서 묘사된 인물은 독특하고 개성적인 인물로 등장하고는 있지만 독특한 기질과 개성만으로 관객들은 등장인물에 몰입할 수 없다. 오히려 평범한 인물이라 할지라도 그 인물의 운명에 흥미를 느끼도록 만들 때 관객들은 그 인물에 빠져들 수 있고 그 인물의 동선을 따라 함께 몰입할 수 있는 것이다. 더구나 애니메이션은 아무리 실재와 똑같이 표현한다 할지라도 절대로 현실의 실재일 수 없는, '완전히 가짜'인 매체이다. 탁월한 솜씨를 가진 애니메이터가 현실에 존재하는 사람이나 동물 혹은 사물을 똑같이 그려 거기에 움직임을 부여한다 할지라도 그것은 절대 실재일 수 없는 것이다. 그렇다면 애니메이션에 있어 인물과 서사적 몰입은 어떻게 가능한가.

애니메이션과 동일하게 시간예술이자 내러티브 예술인 영화와 소설의 인물과의 비교를 통해 애니메이션에서의 인물이 다른 매체와 어떤 차이점이 있는지를 살펴보도록 하겠다.

## (2) 애니메이션 캐릭터, 현실의 삶과 밀착되다

영화와 소설, 애니메이션 모두 가공의 인물을 허구적으로 창조한다는 점에서 모두 동일하다. 다만, 소설은 인물의 이미지를 언어로 구사해서 그려내야 하기 때문에 독자의 상상력이 보태져야 한다는 차이점이 있다. 또한 독자의 상상력은 개인에 따라 다르기 때문에 머릿속에 그려지는 인물은 공통점이 많다 할지라도 독자마다 그 인물에 대한 형상화가 다를 수밖에 없다. (황순원의 단편소설 「소나기」에 등장하는 '소녀'의 모습을 떠올려보라. 아마 각자가 떠올린 소녀의 분위기는 비슷할 수 있어도, 개인의 상상력에 따라 그 구체적인 모습은 다를 것이다.)

애니메이션 <슈렉 2> 중에서

　반면 영화에 등장하는 인물상은 배우라는 구체적인 인물이고 그 배우의 얼굴과 체구, 목소리 이외의 육체적 조건을 초월한 이미지를 그리는 것이 불가능하며 관객이 상상력을 동원할 수 있는 범위는 그 배우의 심정적인 것에 꺼드는 정도이지 그 밖에는 작용할 여지가 없다. (영화 <바람과 함께 사라지다>에 등장하는 여주인공 '스칼렛'을 떠올려보라. 누구나 다 '스칼렛' 역을 맡은 '비비안 리'를 떠올릴 것이다)

　애니메이션 역시 구체적인 인물로 형상화된다는 점에서는 영화와 유사하지만, 등장인물들이 현실 세계에 살고 있는 인물들뿐만 아니라, 동물, 로봇, 요정 등 상상 속의 인물들까지 다양하게 포용할 수 있다. 영화에서도 특수 효과나 분장을 이용해 현실에 존재하지 않는 상상의 인물을 창조하는 것은 가능한 일이지만, 이 역시 기본적으로 현실에 존재하는 피사체를 활용한 3차원적인 인물이다. 반면 애니메이션에 등장하는 인물들은 현실에는 결코 존재하지 않는 철저히 가공된 인물이라는 것이 영화와의 가장 큰 차이점이라 할 것이다.

　이는 애니메이션이 인물을 형상화하는 데 다른 장르보다도 보다 자유롭지만, 한편으로는 현실성이 떨어지고 거짓으로 받아드릴 위험이 높다는 것을 의미한다. 그렇다면 애니메이션에 등장하는 인물에게 현실성을 부여하는 것은 불가능한 것인가.

　이와 관련해 로돌프 퇴퍼(Rodolpfe Topffer)는 현실에 대한 환영 없이도 생명감의 환영을 두 가지 조건에 의해 성공적으로 만들어낼 수 있다는 사실을 다음과 같이 말하고 있다. 그 조건이란 첫째로 오랜 세월 동안 시각 효과에 대해 얻어진 경험이며, 둘째로 정밀 묘사(미술사의 사실주의 측면에서)가 빠짐으로써 오히려 그것이 모순된 단어가 없다는 보증이 되어 관객이 그로테스크하거나 단순화된 것을 기꺼이 받아들이게 되는 자발성이다.

실례로 데이비드 언윈(David Unwin) 감독의 애니메이션 <파더 크리스마스>에 등장하는 인물들은 극히 단순화된 얼굴과 왜곡된 신체구조를 가지고 있다. 현실세계에서라면 기형적으로 받아드릴 산타클로스의 외형을 관객들은 기꺼이 너그럽고 친근한 할아버지의 모습으로서 수용한다. 뿐만 아니라 인물의 표정은 단순히 몇 개의 점과 선만으로도 그 얼굴 위에 주의 깊게 새겨져 있어서 관객이 자신의 경험 수준에서 이해하는 데 전혀 문제가 없을 정도이다.

결국, 애니메이션의 등장인물을 형상화하는 데 있어 가장 중요한 것은 현실의 인물을 그대로 묘사하는 것이 아니라, 개연성 있는 인물과 적확한 인물 묘사에 있다는 것을 알 수 있다. 애니메이션에 등장하는 인물들이 비록 현실에는 존재하지 않는 괴물이나 요정, 외계인이라 할지라도 인간적 성격이 부여될 때 그 감동이 전달될 수 있는 것이다.

또한 애니메이션은 영화에서처럼 존재하는 인물들 중에서 적합한 배우를 '선택'하는 것이 아니라 이 세상에 존재하지 않는 배우를 새롭게 창조해야 하는 특성을 갖고 있다. 이는 세계 유일의 배우, 개성적인 인물의 창조를 의미한다. 그리고 그 배우는 오로지 한 작품을 위해 태어나고 그 작품 안에서 영원한 삶을 누린다.

인물이란 애니메이션이 시작된 이래, 관객에게 헤아릴 수 없는 중요한 흡인력(매력)이 되었다는 것은 의심할 여지가 없다. 이는 존재하지 않는 배우를 오히려 자유롭게 '창조'할 수 있다는 애니메이션의 고유한 장점이자 특수성에서 비롯된다.

이와 관련해 존 할라스는 시금치를 먹으면 천하장사가 되는 애니메이션 <뽀빠이>의 주인공 '뽀빠이'의 특수한 성격(시금치의 도움을 빌어 굉장한 힘을 발휘하는 슈퍼맨의 능력)은 일반적인 상식을 파괴하는 '과장'과 '변형' 그리고 '개성'이 존재하고 있다 라고 말한다. 그러나 그 중심점에는 누구나가 머리에 그리는 해병의 모습이 감추어져 있기 때문에 <뽀빠이>가 전 세계적으로 사랑을 받을 수 있다는 것이다.

반면 한국 애니메이션에 묘사된 인물은 보편성에 의한 개성이 아니라 개성을 위한 개성으로 과장만이 강조되어왔고, 이로 인해 작품 속의 인물이 이야기 속에 스며들지 못한 채 이야기와 인물이 따로 진행되어왔다. 한국 애니메이션의 대표적인 환상류 <마리 이야기>를 살펴보자.

<마리 이야기>는 풍부한 색채와 주인공 마리의 환상적인 움직임이 주는 시각적 이미지를 보여주었다는 점에서는 성공한 작품임에 틀림없다. 커다란 눈과 노랑머리 빨강머리에서 탈피하였고, 우리가 일상적으로 만나는 얼굴 그대로 눈·코·입이 과장되지 않았으며, 그 디테일의 정교함을 보여 주었다. 캐릭터의 정교함을 위해서 제작팀은 전문 연기자들의 동작을 촬영 해 <마리 이야기> 속 인물들이 부드럽게 움직이게 하였고, 플래시로 캐릭터를 그린 후 테두리선을 지웠다. 이런 정교한 작업도 이 작품의 독특한 부분이라 할 수 있다. 날카로운 윤곽과 선을 지닌 일본 애니메이션 캐릭터나 월트 디즈니 식의 과장된 캐릭터도 아닌 <마리 이야기>식의 인물들은 3D 배경 속에서 온화한 표정으로 관객의 뇌리에 스며든 것이다. 비록 인물들의 동작과 표정이 명확하게 살아나지

애니메이션 <뽀빠이> 중에서

않았다는 단점도 있었지만, 크레파스 회사가 만들어낸 살색이 아니라 동양인의 실제 살색과 근접한 피부색은 한결 부드러운 색의 조화를 선사했다.

<마리 이야기>는 바로 이러한 측면에서 국적 불명의 상상력으로 일관해온 국내 애니메이션 계에 신선한 충격과 그 가능성을 제시한 작품임에 틀림없다. 뿐만 아니라 주인공 남우가 만나는 마리라는 환상 속의 인물도 그 동안 우리가 흔하게 보아오던, 전형화 된 환상적 인물들과는 다르다. 사람을 닮았지만 사람보다 더 아름답고 매력적인 생물로서, 모든 동물에 대한 총칭이라고 할 수 있는 마리의 캐릭터가 특히 그러하다. 그러나 그 이미지나 움직임에서 충분히 환상적이고 매력적인 마리라는 인물이 드라마를 끌고 가는 주인공 남우와의 공감대 없는 교감으로 인해 '이미지'로서의 마리는 성공했지만, '캐릭터'로서의 마리는 힘을 잃고 만다. 이로 인해 작품 속의 인물이 이야기 속에 스며들지 못한 채 이야기와 인물이 따로 진행되면서 마리라는 독창적 인물의 등장에도 불구하고 관객들은 마리의 인물에 빠져들지 못하고 현실과 환상의 경계에서 그 어느 쪽도 몰입하지 못하게 된다.

애니메이션에 있어 독창적인 인물이란 누구나 공감할 수 있는, 보편적 인물의 내면에서 우러나오는 개성이다. 이것이 전제되었을 때, 그 인물이 겪는 서사적 갈등과 전개는 이해 가능한 보편적 공감으로 얻어질 수 있을 것이다.

### (3) 애니메이션의 리얼리티란 '그럴 수 있겠구나'라는 정서적인 신뢰이다

대개의 문학에서는 문학의 가치를 문학이 현실을 얼마나 참되게 보여줄 수 있는가에서 찾았다. 그래서 문학에서 환상은 비판되어야 할 가치로 취급되곤 했다. 환상은 현실의 진실을 드러내는 데 방해가 된다고 생각했기 때문이다. 이로 인해 문학은 현실과, 현실의 본질과 유사할 경우 높은 평가를 받는다. '그럴 듯함', 또는 '있을 법한 일(개연성)'을 형상화 하지 못한 문학은 다만 거짓이고 이데올로기에 불과하다고 평가받게 된다.

이처럼 환상에 대한 부정적인 견해를 넘어 그것을 진지하게 탐구한 이는 프로이드(S. Freud)에서 출발한다. 프로이드는 꿈이 비현실적이고 우연한 어떤 것이 아니라 우리 정신의 저 깊숙한 비밀도 암시해줄 수 있는 철저히, 현실적으로 생산되는 무엇이라는 점을 밝혀낸다. 그리하여 문학을 개인의 의지가 배제된 꿈이 아니라 백일몽과 연결시켰다. 즉, 철저히 개인적인 욕망이 투사되는 백일몽을 다른 사람들도 받아들일 수 있게 미학적인 즐거움을 제공하도록 변형시켜 놓은 것이라는 게 문학이라는 것이다.

한편 에른스트 블로흐는 환상의 이데올로기적 성격과 더불어 유토피아적 성격을 지적하여 환상의 긍정성을 이끌어낸다. 환상은 그 이데올로기적 성격에도 불구하고 인간의 비참함을 넘어 더 낳은 삶을 살고 싶다는 갈망을 투사하여 만들어지기도 한다는 것이다.

두 사람 모두 문학의 환상적 성격이 욕망의 산물이라는 점, 또 그것이 현실적인 성격을 갖고 있다는 점에서 동일하다.

특히 프로이드는 환상의 의미를 '두려운 낯설음(Unheimlich)'과 연결시켜 이 두려운 낯설음이 어떤 환상이 억압된 것의 회귀를 가져올 때 일어나는 것이라고 말한다. 억압되었기에 무의식에 갇혀 있다가 후에 억압된 것을 회귀시키는 표상이 떠올랐을 땐 낯설음과 더불어 두려움도 가져온다는 것이다. 이런 친숙함과 두려움이라는 상반된 정신분석학적 이중 의미를 독일어 단어 'Unheimlich' 자체가 가지고 있는 셈이다. 프로이드는 이렇게 금기로서 오랫동안 억압되었던 욕망이나 불안이 '두려운 낯설음'을 통하여 표면에 떠오르는 현상을 두고 '억압된 것들의 복귀'라고 불렀다.

애니메이션 <센과 치히로의 행방불명> 중에서

그리하여 츠베탕 토도로프, 로제 카이유아, 루이 빅스, 로즈마리 잭슨 등의 이론에 공통적으로 나타나는 것은 환상성의 기능이란 독자의 현실을 지배하는 사고 체계를 뒤흔들면서, 독자 안에 공포와 두려움을 나타내는 것이라고 정의된다. 환상성은 독자(관객)에게 공포와 두려움을 주는 차원과 현실 규범의 한계에서 도피하거나 도전하는 두 가지의 기능을 수행하는 것이다.

애니메이션 <인랑> 중에서

톨킨에 따르면 성공적인 환상이 이루어지려면 2차 세계의 성공적인 창조가 이루어져야 하고, 그 2차 세계는 나름의 내적 리얼리티를 가지고 있어야 한다. 즉, 그렇겠구나 라는 믿음을 안겨주어야(credible) 한다. '그 (2차 세계) 안에서 2차 창조자가 말하는 것은 진실하다. 왜냐하면 그것이 그 세계의 법칙과 일치하기 때문이다. 의심이 일어나는 순간 주문은 깨어지고, 마법 ,아니 예술은 실패하게 된다.' 그런데 이 2차 세계는 그와 더불어 독자에게 압도적 기이함의 느낌이 일어나도록 만들어야 하고, 그렇게 해서 그것은 우리로 하여금 잠시나마 1차 세계에서 자주 경험하던 낡은 실존에서 탈출해 1차 세계에 대해 새롭고 신선한 시각을 유지하도록 만들어줘야   한다

이와 관련해 관객들이 영화를 보고 '리얼리스틱' 하다고 말할 때 그것이 반드시 실제 현실과 같다는 의미는 아니다. 이것은 우리가 그 영화들의 약호와 관습에 반응해서 마치 그것들이 실제인 것처럼 보는 데 동의했다는 것을 의미할 뿐이다.

애니메이션도 마찬가지이다. 애니메이션의 배경이 되는 세계가 환상의 세계이든 현실의 세계이든 작품을 보기 위해 극장에 들어가는 순간부터 관객에게 중요한 것이 아니다. 애니메이션에서의 리얼리티는 재현된 대상에 대한 절대적인 신빙성에 관한 것이 아니라 관객의 정서적인 신뢰, 곧 관객이 자신의 눈으로 본 것을 진실이라 여기는 확신에 관한 것이다. 애니메이션의 리얼리티는 현실(사실)과의 관계가 아니라, 대부분의 사람들이 현실이라고 믿는 것과의 관계로 실제적인 것보다는 '있음직함'에 대한 것이다.

이와 관련해 플라톤은 '법정에서는 진실을 말하는 것과는 아무 관련이 없으며, 오히려 설득하는 것과 관련된다. 그리고 설득은 핍진성에 달려있다'라고 말한다. 결국, 관객들은 실제

143

의 사건에 관심을 갖는 것이 아니라 사물들이 어떠했나가 아니라 그것들이 어떠해야 했었나에 관심을 갖는 것이다.

그렇다면 애니메이션에 있어 '그럴듯함'이라는 핍진성은 어떻게 구축될 수 있는 것인가.

전술한 바와 같이 애니메이션은 현실에 존재하는 사물이나 사람을 직접 카메라에 담는 것이 아니라 인간의 상상을 거쳐 나온 2차적 재현이라는 특징을 갖고 있다. 이는 환상에 대한 표현이 그 어느 장르보다도 자유롭지만, 상대적으로 '그럴듯함'에 대한 믿음은 약하다고도 할 수 있다.

그러나 핍진성은 현실과의 관계가 아니라 현실이라고 믿는 것과의 관계이듯, 애니메이션에서의 핍진성은 이야기에서 시작된다. 스크린에 등장하는 배경이나 인물, 혹은 생김새들이 현실에 존재하지 않는다 할지라도 관객들이 애니메이션을 통해 핍진성을 획득하는 힘은 바로 이야기의 논리화에서 비롯되는 것이다.

애니메이션에서 구축된 또 다른 세계가 현실의 법칙과는 구분되는 독자적인 세계라 할지라도 전체 서사의 흐름에 조절 통제되고, 서사의 맥락에서 그 의미를 부여받을 때만이 관객들은 환상 속에서 현실 자신의 문제로 받아드릴 수 있다. 바로 이 지점이 애니메이션 서사에서 환상이 갖는 중요한 역할이라 할 것이다.

따라서 애니메이션은 관객들이 공감할 수 있는 강한 현실감을 주는 동시에 애니메이션에서만 표현 가능한 '무엇'을 작품 속에 옮겨놓아야 한다. 환상에 대한 묘사만이 능사가 아니다. 환상의 유일한 목표는 인간, 결국은 현실이기 때문이다.

## 2. 애니메이션 스토리텔링, 세계가 듣고 싶어하는 이야기

작품 속에서 사건들이 어떤 순서로 배열되어 있든지 간에 이야기(story) 자체는 사건들이 발생한 순서와 인과율의 맥락을 따라 전달될 수 있다. 반면 플롯(plot)은 한 작품 속에서 그 사건들이 특수하게 배열된 상태를 말한다. 즉, 이야기는 플롯을 이루기 위한 재료로 똑같은 이야기를 여러 작가가 제각기 다룰 경우, 동일한 이야기라 할지라도 플롯은 모두 다르게 하기 때문에 여러 개의 다른 작품이 생길 수밖에 없다.

내러티브 예술로서의 애니메이션 역시 크게 스토리와 플롯으로 구분할 수 있으며 완결되고 일정한 크기를 가진 전체적인 행동의 모방이다. 그리고 그 전체는 시초와 중간과 종말을 가지고 있다. 따라서 아무리 재미있는 이야기라 할지라도 이야기를 전달하는 방식인 플롯이 엉성하다면 재미있는 이야기는 제대로 전달될 수 없다.

한국 애니메이션의 경우 스토리는 있지만 플롯이 약하다는 문제를 안고 있다. 흥미 위주의 스토리 애니메이션을 뛰어넘어, 예술적 기교로서의 플롯에 성공한 애니메이션은 흔치 않은 것이다. 예를 들어 <아기공룡 둘리>의 경우 재미있는 소재와 아이디어 그리고 다양한 캐릭터들의 개성과 흥미 있는 에피소드로 스토리에는 성공했다고 말 할 수 있다. 그러나 에피소드와 에피소드들이 따로 분절되어 관객에게 스토리 정보를 제시해 스토리를 구성하게 하는 플롯의 역할은 상대적으로 미약하다. 이는 <아기공룡 둘리>에만 국한되는 문제가 아닐 것이다.

J. G. 카웰티는 대중예술의 특징이 '도식성'과 '도피로서의 오락'임을 인정하면서도 궁극적으로는 도식성의 틀을 유지하면서 그 전개에서는 자리 나름대로의 개성과 스타일에 근거를 둔 변화의 묘미를 보여주어야 한다면서 대중예술의 두 가지 평가 기준을 ① 대중예술의 도식적인 인물 묘사에 개인적인 체취를 어떻게 부여하고 있는가, ② 도식성의 틀을 깨트리지 않으

면서 이야기 전개의 지평을 어떻게 확대시키고 있는가를 제시한다. 대중 예술에 있어 도식성은 고여 있는 물이 아니라 시대와 사회적 변화에 따라 변할 수밖에 없으며 도식성의 틀 안에서 무엇인가 색다른 점을 평가해야 한다는 것이다.

내러티브 예술로서의 애니메이션의 가장 창조적인 면모는 플롯에 있다. 특히 플롯은 주제와 연결되는 문제로 진보적인 예술가가 항상 전문가적 기법, 문학의 참신함, 새로운 기교에 집중하는 것도 바로 이 때문이다. 아무리 동일한 소재의 이야기라 할지라도 그 이야기를 누가 어떤 방식으로 전달하느냐에 따라 주제도 함께 변하기 때문이다.

그러나 지금까지 제작된 국내 애니메이션의 경우 스토리는 있지만 플롯의 부재로 인해 작가(감독)가 표현하고자 하는 주제를 관객들이 다시 한 번 재구성하면서 얻게 되는 미학적 성취는 미흡하다.

애니메이션의 목표는 가치 있는 이야기, 세계가 듣고 싶어하는 이야기, 그리고 훌륭한 이야기이면서 동시에 잘 씌어진 이야기, 즉 플롯이 갖는 기능과 역할을 다 할 때 가능하다. 주제란 독자(관객) 관객이 어떻게 해서 사건들을 알게 되는가를 의미하기 때문이다. 플롯은 단순한 기능의 문제가 아니라 작품과 관객 사이에 재미의 음모를 창조하기 위한 총합체로 관객을 좀 더 깊이 있게 참여시키고 그 참여를 유지시키고 궁극적으로 그들의 참여에 대해 감동과 의미 있는 경험으로 보상하기 위해 사용하는 모든 수단들의 총합인 것이다.

이러한 미학적 성취와 관련하여 한국 애니메이션의 서사 전개 방식은 무엇보다 수사학적인 접근 방법이 필요하다. 수사학이란 아리스토텔레스 이전부터 지금까지 지속되어온 학문으로 한 마디로 정의하기는 어렵지만, ① 말의 표현에 관련된 기법들을 다루는 학문이라는 주장과 사고의 엄정한 논리성, ② 추론의 즐거움에 관련된 학문이라는 주장 두 가지로 이어져 왔다. 이는 내용은 없고 겉치레만 번지르르한 담론에 대한 반발과 차갑고 추상적인 논리에 대한 반발에서 기인한 것으로 이 두 가지의 주장은 각각 '표현 위주의 수사학(잘 표현하는 기술)'과 '내용 위주의 수사학(논증하는 기술)'로 나뉘게 된다.

● 수사학

수사학은 '잘 표현하는 기술'과 '논증하는 기술'이라는 서로 분열된 양상을 보인다. '잘 표현하는 기술'은 표현의 형식적이고 문체론적인 기술을 다루지만 그것의 논증적 성격을 쉽게 이해하지 않는다. 그렇기 때문에 수사학은 줄곧 '말 잘하고 잘 쓰는 기술로'로 환원되곤 한다. 수사학에 대한 이러한 정의는 담론의 내용과 그것이 말해지거나 쓰여지는 방식, 이른바 내용과 형식 간의 이분법을 전제라고 하고 있다는 점에서 문제점을 야기한다. 반면 '논증하는 기술'은 장식성과 화려함 또는 유쾌함의 성향들을 지양하고 효능, 진실, 유용성 등을 그 미덕으로 추구한다. 이 경우 수사학의 사회적이고 역사적인 성격이 분명히 드러난다. 그러나 '지적인' 동의를 얻어내려는 '논증'에 일치시킬 경우 수사학은 추상적인 논리적 범부들에 대한 연구로 환원되기 쉬운 문제를 안고 있다.

－박성창, 『수사학』, 문학과지성사, 2000, 13~33면을 참고

그러나 이 둘의 대립 관계 이전에 수사는 기본적으로 설득(persuasion)의 개념에 집중되어 있다는 것에 주목해야 할 것이다. 이는 내용과 형식의 이분법이나 지적인 범주들과 정감적 차원의 대립을 전제로 하지 않는 일종의 통합된 원형이다. 특히 아리스토텔레스는 수사학을 '모든 주제에서 그 속에 내포된 설득의 도수를 추출해내는 기술'이라며 수사학을 일종의 '기

술(art)'로 간주하고 있다. 결국 수사학의 주된 기능은 논리만이 아니라 감각이나 정념들에 의해 호소하는 '설득하기'에 있는 것이다.

이를 애니메이션의 서사와 관련시키면 한국 애니메이션은 화려한 시각적 요소와 이미지의 상찬으로 공허한 수사의 남발에 집중해온 한편, 전형화 된 내용 중심으로 지적인 동의를 얻어내려는 경향이 강하다 할 것이다.

현재 한국 애니메이션에 가장 절실한 것은 훌륭한 이야기이다. 그러나 훌륭한 이야기만으로는 부족하다. 훌륭한 이야기이면서 동시에 잘 씌어진 이야기여야 한다. 아무리 내용이 훌륭하고 심도 깊은 철학적 의미가 내재된 이야기라 할지라도 이야기를 끌고 가는 방식이 서툴거나 어설프다면 그 감동은 제대로 전달 될 수 없다

문학이 언어를 통한 문체의 예술이라면 애니메이션은 시각적·언어적·음악적 서술이 동시에 필요한 구성의 예술이다. 그러나 그동안 국내 애니메이션은 상품으로서의 가치가 작품성의 평가에 상당한 영향을 미치면서 그것이 서사와 어떻게 결합해야 하는지에 대해서는 무관심해왔다. 즉, '인생에서 무슨 일이 일어났는가'라는 스토리에만 집중, '작가는 그것을 어떻게 보여주고 있는가'라는 텍스트 그 자체, 바로 그 이야기, 작가가 고용한 문학적인 장치인 플롯에 대한 접근은 부족하거나 부재했다.

E. M 포스터는 '이야기는 문학적 조직 중에 가장 저급하고 단순한 것이지만 이것은 소설이라고 하는 아주 복잡한 조직에 공통적인 최고의 요소'라고 언급한 바가 있다. 이 논리를 따라간다면 국내 애니메이션은 작품 속에서 일어난 사건, 즉 '무엇'이라는 호기심은 충족시켜주고 있지만, 관객의 지력과 기억력을 요구하면서 미적 감정을 전달하는 '어떻게'라는 미학적 성취

는 부족하다.

호기심 자체만으로는 작품의 깊은 속까지 들어갈 수 없다. 작품의 감동이 관객의 내면 깊숙이 전달하기 위해서는 호기심만 자극할 것이 아니라 지력과 기억력을 요구해야 한다.

● 플롯이란

포스터는 '플롯'은 독자 혹은 관객들에게 지력과 기억력을 요구한다 라며 기억력과 지력은 서로 밀접한 관계를 맺고 있다 라고 말한다. 이는 우리가 기억을 하지 않고는 이해를 할 수 없기 때문이다. 예를 들어 "왕이 죽자 슬픔을 못 이겨 왕비도 죽었다"에서 왕비가 죽을 때 왕이 있었다는 것을 잊어버리면 왜 그녀가 죽었는지를 알아차리지 못하게 될 것이다. 플롯을 짜는 사람은 독자가 기억하기를 기대하고 독자로서는 그가 느슨한 끝맺음을 되는 대로 남겨놓지 않기를 기대한다.

내러티브 예술로서의 애니메이션이 지향해야 할 것은 다음에 무슨 일이 일어날까라는 호기심을 뛰어넘어 이 호기심을 관객 스스로 지력과 기억력으로 구성하여, 미적 감정으로 충만하여 마음의 일부는 관객석에 홀로 남아서 명상할 수 있는, 그리하여 관객을 작품에 좀 더 깊이 있게 참여시킬 수 있는 내러티브의 내적 기능에 대한 고민이 절실하다.

## 3. 애니메이션 스토리텔링,
##    과거와 현재 그리고 미래를 이어주는 이야기

애니메이션의 서사, 특히 시나리오 형식은 영화 시나리오와 크게 다르지 않다. 그래서 국내 애니메이션 창작이 활성화되기 시작한 90년대 초만 하더라도 애니메이션 시나리오를 영화 시나리오 작가나 방송 작가와 출판 만화 스토리 작가들, 심지어는 시나리오도 없이 감독이 직접 콘티로 작성하여 곧바로 제작에 들어가는 경우까지 있었다. 물론 꼭 전문작가가 써야만 좋은 작품이 나오리라는 보장은 없다.

문제는 애니메이션 시나리오는 누구나 쓸 수 있지만 창작에 대한 책임으로부터 그 누구도 자유로울 수 없다는 것이다. 소설가, 시인이 되기 위해서 수많은 소설가, 시인 지망생들이 기성 작가의 시집과 소설을 몇 번이나 필사하며 문학 언어를 익히고, 자신만의 작품 세계를 구현하기 위해 수많은 습작에 매달리듯, 애니메이션 역시 애니메이션 서사만이 갖고 있는 독창성과 영상 언어에 대한 끊임없는 고민과 탐구를 통해 가장 효과적이면서도 감동 있는 이야기를 전달하기 위한 미학적 접근이 절실하다.

예술작품은 감각이나 상상력을 통한 우리의 지각을 전제로 창조된 하나의 표현적 형식이며, 그것이 표현하는 것은 인간 감정이다. 애니메이션 역시 인간에 대한 이야기이며 사람 안으로 깊이 파고 들어가 새로운 내밀한 시각을 발견해내고 세계에 대한 자신의 해석을 표현해낼 때 문화 산업으로서의 가치만이 아니라 예술로서의 가치를 발휘할 수 있을 것이다.

비록 여러 가지 면에서 문제점과 한계를 노출했다 할지라도 국내 애니메이션은 비약적인 발전을 해왔다.

최근 들어 이야기 소재를 오리지널 시나리오로 제작하는 경향이 점점 늘어나고는 있지만, 동화, 고전소설, 구비문학 등을 각색하는 경우가 더욱 지배적이다. 이는 국내 애니메이션뿐만

이 아니다. 미국의 디즈니 역시 작품들의 상당수가 전래 동화나 민담을 기초로 해서 현재적 시각에 의해 재창조되고 있다. 다만, 기본적인 스토리는 원작의 이야기를 따라가되, 디즈니만의 고유한 작품으로 승화시키고 있는 것이 국내 애니메이션과 큰 차이점이다. 그렇다면 구비문학의 시나리오 창작을 어떤 방법으로 접근해야 하는가.

콘텐츠화된 구비문학의 애니메이션 창작의 가능성은 무궁무진하게 열려져 있다. 그 중에서도 구비문학의 국내 애니메이션화에 도움이 될 수 있는 몇 가지 보편화된 방법들을 정리하면 다음과 같다.

첫째, 구비문학 전체 스토리를 가져오는 것이 아니라, 부분적인 장면, 또는 중요 소재만을 활용하는 경우가 있을 수 있다. 이와 관련한 대표적인 작품으로 <신밧드 : 7대양의 전설>을 꼽을 수 있다. 이 작품은 기존에 알려져 있는 <신밧드 : 7대양의 전설>에서 주인공의 이름과 의상 등의 요소를 제외하고는 거의 원형에 따르지 않는다. 대신 7대양의 바다괴물과 선원들을 유혹하여 배를 난파시키는 신화 속 요정 '사이렌'이 출연하는 등 고전 영웅의 이야기를 현대적으로 재창조하는 데 성공한다. 구비문학의 애니메이션화는 현대인들의 감성과 시대성에 얼마나 부합하게 재창조하느냐에 달려있다 할 것이다.

둘째, 구비문학과 전혀 관계없어 보이는 애니메이션의 캐릭터가 충분히 구비문학의 인물을 재현했다고 느끼게 해, 관객에게 보다 설득력 있게 다가서는 경우가 있다. <니모를 찾아서>가 바로 그 대표적인 예라고 할 것이다. <니모를 찾아서>는 구비문학과는 전혀 관련이 없는 듯한 애니메이션이다. 그러나 이야기의 구조나 캐릭터들의 설정에 있어 전형적인 구비문학의 구조를 따르고 있다. 간단히 스토리를 언급하면 다음과 같다.

애니메이션 <신밧드 : 7대양의 전설> 중에서

　커다란 물고기에게 부인을 잃은 아빠 물고기 말린은 세상에서 가장 소중한 보물인 아들 니모마저 잃을까봐 과잉보호하며 키운다. 반면 더 큰 세상으로 나가고 싶은 니모는 아버지의 '금기', 즉 인간이 타고 다니는 배 근처에는 가지 말라는 명령을 어기면서 열대어 수집광인 치과의사에게 잡혀가고 만다. 그 후의 드라마 전개는 아들을 구하기 위해 죽음과 맞서며 바다여행을 하는 아빠의 동선과 치과 병원 수족관에서 탈출을 꿈꾸는 니모의 동선으로 진행된다. 그리고 이 두 마리 물고기의 모험에 빼놓을 수 없는 조력자가 있다. 하나는 아버지 말린의 모험 동반자인 '도리'요, 다른 하나는 니모가 잡혀간 어항 속에 살고 있는 '길'이다. 특히 도리는 인간의 문자를 읽을 줄 아는 덕분에 아들을 찾아 나선 말린에게 결정적인 추적 단서를 제공하지만 3초 이상 기억력이 지속되지 않는 건망증으로 인해 한시도 니모를 잊지 않는 말린과 대비되며 긴장감과 재미를 동시에 가져다준다.

구비문학과는 전혀 상관없어 보이는 애니메이션이지만 등장인물이 관객들에게 익숙한 '금기의 위반'과 개성 있는 '조력자'의 역할을 통해 보다 설득력 있는 애니메이션으로 탄생할 수 있는 것이다.

셋째, 현대 사회를 다룬 애니메이션이라도 그 모티프를 구비문학의 스토리를 가져오되, 그것도 전체를 가져오는 게 아니라 특정 부분에서만 그 모티브를 가져오는 경우가 있다. 유리 놀슈타인의 애니메이션 <이야기 속의 이야기(Skazka Skazok>가 그 대표적인 작품이다.

> ● Skazka란
> 이야기를 의미하는 'Skazka'는 러시아의 민화, 민담 등을 표현하는 단어로써 'Skazka Skazok'는 이야기들 속의 이야기라는 의미보다는 이야기 중의 이야기를 의미한다.

'자장자장 착한 아가야 / 착한 아가 잠들지 않으면 / 늑대가 찾아와서 / 배를 물고 데려가요 / 숲 속으로 데려가요'라는 러시아의 가장 오래 된 민요로 노래로 시작하는 <이야기 속의 이야기>는 2차대전 당시 레닌그라드 공방전의 이미지와 작가의 유년 시절의 경험 특히 어머니들이

애니메이션 <이야기 속의 이야기> 중에서

아이들에게 들려주는 자장가를 모티브로 하고 있는 작품이다. 그리고 이런 러시아의 전통적인 자장가와 전쟁에 대한 기억들을 몽타주 기법을 통해 보여주면서 일상의 중요함을 일깨워준다. 이 영화는 우선 시적인 원리를 철저하게 적용한 구조 때문에 일반적인 이야기(서술적이고 스토리텔링적인)에 익숙한 사람들에게는 어려움을 준다. 그러나 <이야기 속의 이야기>는 바로 그런 점 때문에 시가 가진 일반적 표현 방법인 상징적이고 함축적인 이야기를 통한 이미지 전달에 성공했다 라는 것을 잊어서는 안 될 것이다

넷째, 구비문학 자체를 세분화하여 여러 층위로 나눈 다음, 애니메이션 전체 스토리에 산재시켜 결말에 가서야 구비문학의 전체 윤곽이 살아나게 하는 경우이다. 이러한 특징은 <슈렉>에서 잘 나타나고 있다. <슈렉>은 못생기고 냄새나는 괴물인 슈렉이 마법에 걸린 피오나 공주를 구해내며 순수한 사랑을 찾는 이야기다. 그리고 우리가 익히 알고 있는 구전문학, 동화 등의 주인공들이 대거 등장하지만 영화는 동화 책장이 넘어가면서 요란한 락 음악과 함께 책장은 찢어지면서 화장실에 앉아있는 슈렉의 장면으로 전환된다. 그리고 그동안 디즈니가 끊임없이 보여준 아름답고 예쁜 공주와 순수하고 착한 왕자 이야기라는 고정적인 관념을 깨버리듯 엽기적인 피오나 공주와 못생긴 슈렉을 등장시킴으로써 디즈니 애니메이션의 관습적인 스토리를 자유자재로 비틀어버린다. 관객들에게 익숙한 줄거리, 못생긴 왕자와 예쁜 공주와의 행복한 결말에 기대는 듯하다가, 결과를 반전시킴으로써 창조적인 재구성을 이루어내고 있는 것이다. 물론 대중은 이러한 의외의 반전에 높은 호응을 보인 것은 당연하다. 따라서 그간 구비문학에 대한 모티프 분석의 성과로 이루어진 구조 유형의 분류표를 활용하여, 각각의 구조와 모티프를 창조적으로 재결합하는 작업이 애니메이션화의 시나리오 작업에 활용될

수 있다.

　이러한 방법들은 구비문학 활용을 위해 구비문학을 의도적으로 재구성된다는 의심을 살 수 있으나, 오히려 애니메이션의 취약점이라 할 수 있는 일회성(終映과 함께 잊혀지는)과 비전 승성을 극복할 수 있는 방법이다. 구비문학의 전승성에 의해, 구비문학이 간접적으로 개입할 경우에도 애니메이션은 전승성을 획득할 수 있을 것이고, 그로 인해 영원성과 신화성을 가질 수 있을 것이다.

글누림 문학콘텐츠 총서 5

부록

장편 애니메이션 시나리오_"내가 고백하면 깜짝 놀랄 거야!"

장편 애니메이션 시나리오

## "내가 고백하면 깜짝 놀랄 거야"

### 작품 소개

**매체** : 극장용 장편 애니메이션

**장르** : 코믹 휴먼드라마

**기법** : 클레이 + 오브제 + 미니어처 실사 촬영

**배경** : 1960년대 말 시골 소읍

**제작 및 지원** : 영화진흥위원회, 2003년 애니메이션 기획 창작애니메이션 개발비 지원작, (주)플라잉 피그

## S#1. 프롤로그 / 몽구네 집 / 오후

잘 말린 고추가 마당 한 가운데 널려있고, 마당 주변에는 병아리와 닭들이 모이를 쪼아 먹고 있
는 한가한 오후. 몽구네 집 안방에서 들려오는 재봉틀 소리가 평화롭다

E) (재봉틀 소리) 달달달

## S#2. 프롤로그 / 몽구네 집 / 안방

빠른 손놀림으로 재봉틀을 돌리며 옷을 수선하는 몽구 엄마.
재봉틀 주변에는 여러 가지의 옷감들과 수선할 옷들이 잔뜩 쌓여있다.
그러나 어느 순간부터 재봉틀 소리가 점점 늘어지기 시작한다.

E) 다알……다알……다아알……다아아알……

재봉틀 소리가 늘어지는 것과 동시에 고개를 끄덕끄덕 거리며 졸고 있는 몽구 엄마.
그만 재봉틀 바늘에 손가락을 찔리고 만다.

엄마 : (깜짝 놀라) 아얏

찔린 손가락에서 나오는 한 방울 피. 엄마, 아무렇지 않게 치마에 스윽, 닦으며 다시 재봉틀을 돌
린다. 순간적으로 재봉틀이 빠른 속도로 돌려지는가 싶더니 이내 그 속도가 다시 느려지고

E) 다알······다알······다아알······다아아알······

결국 피곤에 못이긴 몽구 엄마는 재봉틀에 얼굴을 묻고 잠이 든다.

S#3. 프롤로그 / 몽구네 집 / 마당

아무도 없는 텅 빈 마당. 이때 주위를 살피며 조심스럽게 마당으로 들어오는 그림자. 몽구다. 마당을 가로질러 살금살금 걸어오는 몽구. 마당에서 놀고 있던 닭이 몽구의 발등을 찍는다.

**몽구** : (순간적으로) 아얏!!

순간, 자신의 입을 막으며 안방의 눈치를 본다. 여전히 조용한 안방.
다시 살금살금 안방 쪽으로 다가가 뚫어진 창호지 문을 통해 엄마의 동태를 살피는 몽구.
몽구의 시선으로 보이는 엄마의 모습. 재봉틀에 얼굴을 묻은 채 잠이 들어있다.
엄마의 잠든 모습을 보고 흡족한 듯 씨익~ 웃는다.

S#4. 프롤로그 / 몽구네 집 / 안방

재봉틀에 얼굴을 묻고 잠이 든 엄마.
이때, 안 방문이 소리 없이 열리면서 까치발을 하고 안방으로 들어오는 몽구.
무언가를 찾는 듯 방안을 두리번두리번.

몽구의 시선에 들어오는 엄마의 지갑. 재봉틀 위에 얌전히 놓여져 있다.
만면에 웃음이 번지면서 살며시 다가와 지갑에 손을 대려는 순간,
잠을 자던 엄마가 몸을 움찔하더니 지갑위에 손을 얹혀놓는다.
낭패스러운 표정의 몽구.
몽구, 어떻게 해서든 엄마의 손아귀에 들어있는 지갑을 꺼내보려고 하지만 잠을 자면서도 지갑
을 꾹 움켜쥐는 엄마.
몽구. 무언가 생각이 난 듯 다시 방안을 두리번거리면,
5단짜리 옷장 위에 웃고 있는 돼지 저금통 C.U. 상태에서 WIPE


S#5. 프롤로그 / 몽구네 집 / 안방 / 시간경과

몽구는 보이지 않고 배가 한 가운데가 갈라진 돼지 저금통이 안방에 나동그라져있는 모습.
CA, 줌 아웃 되면 재봉틀에 얼굴을 묻은 채 여전히 잠을 자고 있는 엄마.
이때 마당에서 들려오는 소리

E) 쿵, 쿵, 쿵

잠을 자고 있던 엄마, 소리에 놀라 잠이 깬 듯 잠에서 깨어난다.

엄마 : (주위를 두리번거리며)이게 무슨 소리지?

다시 마당 쪽에서 들려오는 소리

E) 쿵, 쿵, 쿵

안방 문을 열고 마당 쪽을 살피는 엄마.
그러나 마당에는 아무도 없고

**엄마** : (갸우뚱) 이상하네…… 잘못 들었나……?

무심코 방안을 둘러보는 엄마. CA, 엄마의 시점으로 왼쪽 오른쪽으로 PAN되다가 방안에 나동그라져있는 돼지 저금통에서 FIX되는 것과 동시에 들려오는 엄마의 비명소리

VO) **엄마** : 도…도둑이야!!

### S#6. 프롤로그 / 동네 골목

유쾌한 음악 시작. 얼굴이 상기된 채 골목길을 달려가는 몽구의 모습. 입이 귀에 걸려있다. 한 손에는 돼지 저금통에서 가져온 지폐와 바지 주머니에 든 동전 소리가 경쾌하게 들려온다. 신이나서 달려오는 몽구의 모습과 함께 타이틀

### S#7. 타이틀

**"내가 고백하면 깜짝 놀랄 거야"**

S#8. 구멍가게 앞 / 오후

70년대의 상가 분위기. 가위를 쩔거덩 쩔거덩 울리며 지나가는 엿장수 아저씨.
전봇대 아래에 오줌을 싸는 못생긴 개 등. 전형적인 소읍의 한가한 낮 풍경이다.
구멍가게 앞에 옹기종기 모여 앉은 몽구와 친구들.
머리가 크고 배가 불룩 튀어나온 순돌이, 커다란 뿔테 안경을 쓴 형준이, 여동생 갓난아이를 업
은 상식 등이다.
순돌이는 벌써 사이다 몇 병을 해치운 듯 볼록 튀어 나온 배를 쓰다듬으면서도 한 손으론 사이
다를 쪽쪽 빨아먹고 있고, 몽구는 찌그러진 숟가락으로 사이다 뚜껑을 열고 있다.

**상식** : (침을 꼴깍 삼키며) 후딱 좀 따! 답답해 미치겠다.

상식이 말이 끝나자마자 '뻥' 하는 소리와 함께 사이다 뚜껑을 따는 몽구
아이들, 몽구에게로 몰려들어 사이다 뚜껑을 확인한다.

**아이들** : (실망) 에에~~~또 꽝이잖아!
**순돌** : (기다렸다는 듯이 슬금슬금 다가와) 헤헤. 몽구야. 이 사이다 내가 마셔도 되지?

몽구의 얼굴은 더욱 심하게 일그러진다.

**몽구** : (험상) 뭐야?
**순돌** : (몽구의 눈치를 슬금슬금 보며) 지금 안마시면 김 다 빠지는데……
**몽구** : 아휴, 이 먹보! 먹든지 말든지 맘대로 해!! 대신 1등 나오면 넌 텔레비전 안보여줄 거야!! 짜
샤~

순돌, 사이다를 먹으려다 주춤거리며 입을 삐죽거린다.
그러나 몽구가 사이다 뚜껑에 정신이 팔려있자, 슬금슬금 사이다병을 들고 마신다.

**몽구** : (마지막 남은 사이다병을 들고) 이번엔 반드시 1등을 뽑고 말거야.

결연한 표정의 몽구. 숟가락을 들고 엉터리 주문을 외우기 시작한다.

**몽구** : (두 눈을 감고 주술사처럼) 우라라라, 팔라라라, 앗사라비아 울라라라……
**순돌** : 흐흐, 몽구야. 1등으로 텔레비전 뽑히면 나도 보여줄 거지?
**형준** : (중얼거리며) 정말 1등이 나올까…? 또 꽝 아냐?
**몽구** : (주문을 외우다 말고 눈을 부라리며) 너, 자꾸 부정 타게 꽝, 꽝 할 거야?

몽구의 한마디에 움찔하는 친구들.

**몽구** : (크게 숨을 들이키더니 주술을 걸듯) 텔레비전 나와라, 텔레비전 나와라.

친구들도 잔뜩 긴장한 얼굴로 몽구를 바라본다.
숟가락으로 사이다 뚜껑을 따는 몽구의 얼굴이 시뻘겋게 달아오른다. 마침내 있는 힘을 다해 사
이다 뚜껑을 여는 순간


S#9. 몽구네 집 / 마당


VO) **엄마** : 도둑 잡아라~~ 도둑~~~

안방 문을 열고 혼비백산이 되어 뛰쳐나오는 엄마. 한 손에는 빗자루가 한 손에는 배가 갈라진
돼지 저금통이 들려져 있다.
이때, 엄마의 비명소리와 함께 마당에 드리워진 크고 검은 그림자.
엄마가 안방 문을 여는 순간, 마당에 드리워져있던 검은 그림자가 순식간에 사라진다.
엄마, 검은 그림자의 실체를 보지 못한 듯 집 주위를 둘러본다.
이때 엄마의 시점으로 보이는 커다란 발자국.
집 마당에 움푹 패어진 거대한 발자국이다. 정체를 알 수 없는 이상하고 커다란 발자국.

엄마 : (놀라) 헉! 이게 뭐야? (잠깐 놀라는 표정, 그러나 이내 누구의 소행인지 알겠다는 듯) 이놈
　　　의 자식, 이런다고 내가 속을 줄 알아? 몽구 이놈 집에 들어오기만 해봐라. 손모가지를 비
　　　틀어버리고 말테니까!!

여전히 분이 풀리지 않는 듯 씩씩거리는 엄마.
이때 검은 그림자가 엄마가 부엌에 들어간 사이 후다닥 담을 넘어가는 모습.
부엌에서 소금이 들어있는 바가지를 들고 나온 엄마. 마당가에 휘휘 뿌린다.

엄마 : (소금을 뿌리며) 훠이, 훠이! 잡귀야 물러가라~~!! 물러가라~!

엄마가 소금을 뿌리는 모습과 디졸브되면 다음 신으로 연결


S#10. 구멍가게

몽구가 있는 힘을 다해 사이다 뚜껑을 따는 순간, 갑자기 하늘에서 들려오는 소리

E) 우르릉 쾅쾅~

천둥치는 소리와 함께 장대 같은 소나기가 쏟아지기 시작한다.
소나기와 함께 세차게 불어오는 바람.
사이다 뚜껑을 따는 순간, 불어오는 바람에 사이다 뚜껑은 휘리리~~ 바람과 함께 멀리 날아가기
시작한다.

**몽구** : (비를 맞은 채 멀리 날아가는 사이다 뚜껑을 바라보며 허망하게) 어어…
　　　　내 사이다 뚜껑~~~~!! 안 돼~~~~~~~~!!

그러나 무심하게 하늘 저 멀리 날아가는 뚜껑.
소나기가 내리는 푸른 하늘 햇살 너머로 사라진다.


S#11. 인서트 / 푸른 하늘

빗줄기가 점점 가늘어지기 시작하더니 구름 사이로 환하게 쏟아지는 햇살


S#12 .열구네 학교 / OO중학교 / 낮

운동장에서 넓이 뛰기를 하는 아이들, 달리기를 하는 아이들 등의 모습이 보이고 운동장 한 편
에는 운동복으로 갈아입은 학생들이 줄을 서서 뜀틀 넘기를 하고 있다. 열구네 반 친구들 모습

이다. 열구보다 앞서, 열구와 1, 2등을 다투는 강 민이 날렵한 몸으로 뜀틀을 향해 달려가는 모습.
강 민이 달려가자 여학생들은 비명에 가까운 환호성을 지르며 응원한다.
여학생들 사이로 수줍게 얼굴을 디밀고 강민의 뜀틀을 지켜보는 열구.
강민, 여학생들의 환호성을 뒤로 하고 뜀틀을 향해 달려가, 가뿐하게 뜀틀을 넘어서서 멋지게 착지.

**여학생들** : (감탄) 와~~!! 역시 강 민이야.

강민을 향해 환호성을 지르는 여학생들이 못마땅스러운 열구의 표정.
강민, 자랑스럽게 주위를 둘러보면, 부러운 눈빛으로 바라보는 열구와 눈이 마주친다.
열구와 눈이 마주치자 더욱 의기양양해지는 강 민.
이번엔 열구 차례다.
출발을 알리는 선생님의 호루라기 소리

E) 호로로~~

주먹을 불끈 쥐고 뜀틀을 향해 달려가는 열구
열구의 긴장한 얼굴과 득의만만한 표정으로 열구를 바라보는 강민의 얼굴 교차편집
마침내 뜀틀 앞에서 힘차게 굴러차기를 하고 막 뜀틀을 넘어가려는 순간,
저 멀리 빛을 발하며 열구를 향해 날아오는 사이다 뚜껑.

**열구** : (뜀틀 한 가운데 풀썩 주저앉으며) 어…어……!!

결국 중심을 잃고 뜀틀에서 넘어지는 열구. 친구들의 웃음소리.
이때 주전자를 들고 운동장을 가로질러 가던 명옥.

열구가 뜀틀에서 넘어지는 모습을 보고 놀란다.
뜀틀 위에서 나동그라진 열구.
정신을 잃은 채 매트 위에 누워있는 열구의 시점으로 보이는 세상
세상이 빙글빙글. 노랗다.
이때 환상처럼 열구의 시야를 가리는 커다란 그림자.
커다란 얼굴에 눈을 껌벅이며 얼굴의 얼굴을 빤히 바라보고 있는 '눈초롱'.
눈초롱과 눈이 마주치자 다시 기절하는 열구.
열구 곁으로 몰려온 친구들, 열구를 흔들어 깨운다.

**친구들** : 열구야. 열구야! 일어나!

친구들의 목소리에 다시 눈을 뜨는 열구.
눈초롱은 간데없고 친구들이 열구를 빙 둘러서 있다.

**열구** : (어리둥절) 어? 이상하다… 분명히 있었는데……

열구, 주위를 둘러보지만 눈초롱은 간데없고
친구들도 모두 자리를 떠나면 혼자 남은 열구
이때, 친구들이 모두 자리를 뜬 것을 확인하고 열구에게 다가오는 명옥

**열구** : (얼굴이 이내 붉어지며, 부끄러운 듯) 며…명옥아…
**명옥** : (주전자를 내려놓고) 다치지 않았어?
**열구** : (얼굴이 더욱 붉어지며) 괘…괜찮아… 근데… 혹시 너도 봤니?
  눈사람처럼 몸이 둥글둥글하고 눈이 수박만 했는데……

명옥, 무슨 말인지 모르겠다는 듯 황당한 표정으로 열구를 바라보면
이때, 수업 시작을 알리는 벨 소리가 들린다.

**열구** : 앗, 늦었다. (명옥을 향해) 나 간다~~

열구 매트에서 일어나 교실 쪽으로 달려가면 열구가 있던 자리에 덩그마니 놓여있는 사이다 뚜껑. 이를 발견한 명옥. 무심코 밟고 지나가려는 순간, 사이다 뚜껑 위로 환한 빛이 하우라처럼 번져나간다. 그리고 사이다 뚜껑에 '꽝'이라고 적힌 글자가 스르르 지워지고 3등이라는 글자와 함께 기타 그림이 그려진다. 명옥, 자신이 잘못 보았나, 라는 표정으로 두 눈을 비빈다. 그리고는 조심스럽게 사이다 뚜껑을 집어 드는 명옥. 명옥의 시점으로 보이는 사이다 뚜껑. 3등이라는 마크와 함께 기타 그림이 그려져 있다.

**명옥** : (놀라운) 어머… 이건……?

이때, 이 모습을 남몰래 지켜보는 검은 그림자. 눈초롱의 그림자다. 그리고 온통 검은 그림자의 얼굴 부분의 입부분만 씨익~ 웃는 모습으로 변한다.

**명옥** : (교실 쪽으로 걸어가는 열구쪽으로 고개를 돌리며) 열구야~~~~!! 열구야~~~!!

명옥, 급하게 열구를 불러 세우면, 멈춰서는 열구. 무슨 일이냐는 듯 고개를 돌리면 이내 사라지는 그림자. 환한 얼굴로 열구에게 손짓하는 명옥

S#13. **몽구네 동네** / 인서트 / 저녁

저녁놀이 지는 평화로운 풍경.
집집마다 굴뚝에서는 밥 짓는 연기가 솔솔 피어나고
공터에서 놀던 아이들은 어머니 손에 의해 하나 둘 집으로 돌아가는 저녁 풍경.


S#14. **몽구의 집** / 저녁

마당에는 미구가 펌프질을 하며 막 퇴근한 아빠에게 세숫물을 퍼 담고는 스스로 만족한 듯 싱긋
웃더니 안방을 향해 소리친다.

**미구** : (애교 있는) 아부지~~~ 세숫물 떠놨어~~~

이때, 수건을 목에 두르고 방에서 나오는 몽구 아빠.

**미구** : (어리광을 부리며) 아버지! 세숫물!!
**아빠** : (예뻐 미치겠다는 듯) 아이구, 우리 막내딸! 우리 미구가 최고지!!
**미구** : 헤헤, 아부지~~ 내가 제일 이쁘지? 그치?
**아빠** : (좋아죽겠다는 듯) 그럼, 우리 공주님이 최고지, 최고구 말구!!

미구의 뺨에 뽀뽀를 하는 아빠.
까르르 웃는 미구.

엄마 : (부엌에서 나오며) 어이구, 못 봐주겠네… (미구를 향해 나무라듯) 미구 너 아버
　　　지한테 존댓말 하라 그랬지!

미구 : (입을 삐죽) 피… 엄마는 괜히 그래…

아빠 : (사람 좋은 웃음) 하하, 엄마가 샘이 나서 그러나보다.

엄마 : (아버지를 째려보며) 이이가 점점……!

이때, 대문 밖에서 몰래 동정을 살피는 몽구의 모습.
쌀을 씻기 위해 쌀을 담은 바가지를 들고 부엌에서 나오는 엄마
엄마를 발견하자 후다닥, 대문 뒤로 몸을 숨기는 몽구.

아빠 : (세수를 다하고 손수건으로 얼굴을 씻으며) 근데, 몽구 녀석은 아직 안 들어왔나?

엄마 : (쌀을 벅벅 씻으며) 아휴, 속 터져!! 몽구 얘긴 꺼내지도 말아요

아빠 : (엄마의 눈치를 보며) 몽구가 왜? 무슨 일 있어?

엄마 : (신경질적으로 쌀을 씻으며 버럭) 아휴. 이게 다 당신 탓이에욧

아빠 : 갑자기 또 왜 그래?

이때 기다렸다는 듯이 아빠에게 쪼르르 달려가

미구 : (불쌍한 척) 이잉~~ 아부지, 아부지! 몽구 오빠가 내 저금통 훔쳐갔어

아빠 : (놀라며) 뭐?

엄마 : 아무튼 당신 오늘은 잠자코 있어요 저번처럼 또 빼돌리지 말구.

아빠 : 내가 뭘 어쨌다고……

아빠의 말에 엄마, 무섭게 눈을 치뜬다.

꼬리를 내리는 아빠. 일부러 엄마의 시선을 피해 미구에게 방싯거리며

**아빠** : (엄마의 눈치를 살피며) 미구야. 우리 저녁 먹을 때까지 공기놀이나 할까?
**미구** : (신이 나) 응.

이때, 대문 밖에서 몰래 동정을 살피는 몽구의 모습.
낭패스런 표정을 짓는다.

**몽구** : (중얼거리는) 뭐야. 내가 가져간 줄 다 알잖아… 큰일이네… 이번에 걸리면 정말 끝
　　　　장인데……

담벼락에 기대어 한숨을 폭폭 내쉬는 몽구

S#15. 골목길

집으로 돌아가지도 못하고, 마을 근처를 헤매는 몽구
이때 몽구의 눈에 들어오는 포장마차 호떡집
몽구, 바지 호주머니를 뒤진다.
그러나 호주머니에서는 먼지만 나오고

**몽구** : (시무룩) 휴… 이럴 줄 알았으면 10원이라도 남겨두는 거였는데…
　　　　(이때 배에서 들려오는 '쪼르륵' 소리에 배를 움켜쥐며) 으… 배고파……

몽구, 힘없이 걸음을 옮긴다.
이때 아이를 업은 명옥과 상식이가 커다란 얼음을 짚으로 묶어 배달을 가는 것을 발견

**몽구** : (눈이 휘둥그레지며) 어? 상식이잖아? 크크 오늘은 상식이 집에서 자야겠다.

반갑게 달려가는 몽구

**몽구** : (친한 척, 착한 척) 상식아!! 배달 가니? 내가 도와줄게. 응?

상식이의 대답이 나오기도 전에 날름 얼음을 빼앗다시피 드는 몽구

**상식** : (어리둥절) 야아~ 갑자기 너 왜 그래?
**몽구** : (천연덕스럽게) 내가 뭘… 친구끼린 도우면서 살아야지.
　　　　(명옥에게 눈웃음까지 지으며) 그치 누나야!
**명옥** : (눈치를 챈 듯) 몽구, 너 또 사고 쳤구나?
**몽구** : (손사래 치며) 아…아냐… 누난 내가 뭐 맨날 사고만치는 줄 알아?
**명옥** : (당연하다는 듯) 응.

옆에서 키득거리며 웃는 상식.

**몽구** : (기어 들어가는 목소리로) 잉… 그게 아닌데…
**명옥** : (몽구의 손에 든 얼음을 빼앗으며) 또 무슨 말썽을 피웠는지 모르지만
　　　　너희 아버지가 우리 집에 너 찾으러 오시기전에 어서 집에 들어가. (상식이 에게 얼음을
　　　　건네주며) 그럼 잘 가라~

명옥과 상식 멀어지면, 입이 찌게 입술처럼 나오는 몽구
그런 몽구를 보고 키득거리며 누나를 따라가는 상식.
몽구, 혼자 길 거리에 우두커니 서 있다.

몽구 : 씨이… 상식이한테 저녁 좀 얻어먹으려고 했는데… (숨을 푹 쉬며), 휴…어쩌지…배 고프
고… 다리 아프고…

몽구 : 지는 저녁노을을 넋 놓고 바라보다, 문든 눈에 들어오는 만화집 간판.

몽구 : 맞아, 내가 왜 그 생각을 못했지? 우히히히~~

얼굴에 미소가 환하게 번지면서 만화집으로 달려간다.


S#16. 만화집 내부

E) (선풍기 돌아가는 소리) 덜덜덜~~

만화집 주인은 부채를 손에 든 채 꾸벅꾸벅 졸고 있고
몽구는 만화책을 잔뜩 쌓아놓고 열심히 만화책을 보고 있다.

몽구 : (만화책을 넘기며) 킥킥…… 큭큭.

몽구, 혼자서 까르르 웃어대며 정신없이 만화책을 읽고 있다.

정신없이 만화책을 읽고 있는 몽구. 이때 몽구 곁으로 슬금슬금 가까워지는 거대한 그림자.
동시에 몽구가 보고 있는 만화책에 커다란 나뭇잎 한 장이 떨어진다.

**몽구** : (나뭇잎을 보며) 어? 이게 어디서 떨어진 거지?

몽구, 고개를 갸웃거리며 다시 만화책에 얼굴을 파묻고 만화책을 본다.
이 어디선가 들려오는 거대한 숨소리와 함께 킥킥거리는 웃음소리

E) (거대한 숨소리) 후아~~~ 후아~~~ 크크크~~~~ 후아 후아~~~~~~ 크크크

숨소리와 웃음소리가 들려올 때마다 몽구의 몸은 들썩거린다.
깜짝 놀란 몽구, 겁에 질린 채 아주 천천히 고개를 돌리면 커다란 덩치의 눈초롱의 모습을 보는 순간,
문이 쾅 하고 열리면서 들려오는 소리

**미구** : 엄마, 저기 있어!!

몽구, 순간적으로 다시 고개를 돌리면 엄마를 데리고 만화책까지 온 미구가 씩씩거리며 서 있다.

**엄마** : (눈에서 불이 이글이글) 요 망할 놈의 자식!!
**몽구** : (그 자리에서 벌떡 일어나, 얼굴이 하얗게 질린 채) 어……엄마!!

엄마의 성난 얼굴 C.U
두려움에 사시나무 떨 듯 떠는 몽구.

F.O.
암전 속에서 들려오는 몽구의 비명소리

VO) 아악~~~~~~~~~~~~~!! 잘못했어요 엄마~~~~~~~!!


S#17. 몽구네 집 / 안방 / 시간경과 / 밤

미구를 가운데 두고 잠을 자는 엄마와 아버지.
이때 아버지가 슬그머니 일어나더니, 옷장 안에서 무언가를 찾기 시작한다.
슬금슬금 엄마의 눈치를 보면서 무언가를 열심히 찾는 아버지. 이때 아버지 손에 잡히는 물건.
안티프라민이다.
아버지, 안티프라민을 들고 조심스럽게 방문을 열고 나가려는 순간,

**엄마** : (등을 돌린 채) 자다 말고 어디가요
**아빠** : (화들짝 놀라, 안티프라민을 등 뒤를 감추며) 화…화장실……
**엄마** : (이미 알고 있다는 듯이) 에휴… 물러터진 남편 때문에 나만 맨날 악역이라니까…(아버지
　　　를 향해 버럭) 안티프라민 이젠 사오지 마욧!!

아빠, 엄마한테 들킨 것이 민망한 듯, 헛기침만 하며 방문을 열고 나간다.

S#18. 몽구네 집 / 몽구 방 / 밤

스탠드를 켜 둔 채 책상 위에 엎드려 잠을 자고 있는 열구.
몽구는 딸꾹질을 한 채로 잠이 들어 있다.
이때 방문을 열고 들어서는 아버지

**아버지** : (열구를 깨우며) 열구야. 누워서 자야지······
**열구** : (졸린 눈을 비비며) 아버지······
**아버지** : 제대로 자야지. 자, 어서 누워
**열구** : (기지개를 펴며) 아흠··· 안 돼요. 내일 쪽지 시험 있어요

열구, 다시 정신을 차린 듯 몸을 바로 하고 책장을 편다.

**아버지** : (흐뭇) 녀석··· 그럼 조금만 하다가 자거라.

아버지, 몽구 곁으로 다가와 몽구의 바지를 걷어 올린다.
바지를 걷어 올리자 종아리에 움푹 패인 회초리 자국.

**아버지** : 쯧쯧······(안티프라민을 바르며) 이놈은 대체 누굴 닮아 말썽인지······
**열구** : (아무렇지도 않게) 아버질 쏙 빼닮았던데요?
**아버지** : (화들짝) 뭐야?
**열구** : (다 알고 있다는 듯이) 아버지, 총각 때 동네에서 소문난 말썽꾸러기였다면서요? 무도장에
　　　도 맨날 들락날락하고······
**아버지** : (당황) 누······누가 그런 소릴 해?

**열구** : 피. 다 알아요. 할머니도 그러셨어요. 아버지, 결혼해서 철들었다고……
**아버지** : (민망) 나 참. 어머니도 애한테 별 소릴 다하네… 쩝…

열구, 그런 아버지가 우습다는 듯이 씨익 웃는다.
아버지, 화제를 바꾸려는 듯 몽구를 보며

**아버지** : (안티프라민을 바르며) 근데, 요 놈은 대체 뭘 훔쳐 먹었기에 자면서도 딸꾹질을 하는
 거야.
**열구** : 사이다를 다섯 병이나 마셨대요.

아버지, 몽구의 배를 쓰다듬는다.


S#19. 몽구의 학교 / 시간경과

E) 딩동댕

수업 종을 알리는 벨소리와 함께 지각생들이 운동장을 가로질러 달려가는 모습.
가방을 어깨에 메고 정신없이 달려가는 몽구의 모습도 보인다.


S#20. 학교 / 교실

칠판에 산수 문제를 적는 선생님

몽구네 반 친구들은 노트에 열심히 필기를 하고 있다.
이때 어디선가 들려오는 딸꾹질 소리. 몽구의 딸꾹질이다.

E) 딸꾹, 딸꾹

계속되는 딸꾹질 때문에 필기를 하면서도 연필이 자꾸만 어긋난다.
키득거리며 웃는 친구들.
이때, 몽구와 앙숙관계인 '만득'이가 장난기 가득한 얼굴로 씨익 웃더니 몽구의 등을 툭툭 친다.

**몽구** : (귀찮다는 듯이 고개를 돌리는 순간) 으아~~~

몽구의 시점으로 보이는 덩치. 도깨비 탈을 쓴 만득이의 모습이다.
친구들, 저들끼리 키득키득 웃고 이때 선생님의 호통소리

**선생님** : (칠판에서 몸을 돌리며) 누구야!!

선생님의 호령소리에 웃음을 참는 친구들.
선생님, 다시 몸을 돌려 칠판에 산수 문제를 적으면, 다시 들려오는 아이들 웃음소리
몽구, 친구들을 향해 주먹을 쥐어 보인다.
이때, 몽구 곁으로 다가오는 선생님.
그러나 선생님이 곁으로 온지 눈치 채지 못한 몽구. 몽구의 어깨를 툭툭 친다.

**몽구** : (친구들의 장난인줄 알고 이를 바득바득 갈며) 딸꾹, 좋은 말할 때 손 치워라~ 딸꾹

황당한 선생님. 다시 몽구의 등을 후려친다.
화가 난 몽구, 마침내 고개를 휙 돌리는 것과 동시에 주먹을 날린다.

**몽구** : (선생님의 얼굴을 주먹을 날리며) 너 죽을래!!

그러나 주먹을 날리는 순간, 재빠르게 몽구의 팔목을 휘어잡는 선생님.
몽구, 선생님의 손아귀에 잡힌 채 바둥거리며 몸부림을 치다, 선생님과 눈이 마주친다.

**몽구** : (놀라) 서…선생님…… 딸꾹!

그 모습을 킥킥거리며 바라보는 만득의 모습이 보이고
선생님의 얼굴은 울그락불그락 변해가고
일그러지는 몽구의 얼굴


S#21. 몽구네 집 / 오후

E) 재봉틀 돌아가는 소리

문이 활짝 열려 있는 몽구네 집.
명옥이가 막내 여동생(갓난아이)을 업은 채 몽구네 집 주변을 기웃거린다.
집에 들어가지 못하고 머뭇거리는 명옥.
마침내 마음의 결심을 했는지, 마당으로 들어가 몽구 엄마를 부른다.

명옥 : 아…아줌마… 계세요……?

그러나 재봉틀 소리만 들려온다.

명옥 : (좀 더 큰 목소리로) 아줌마~~ 저 명옥이에요

명옥의 소리에 재봉틀 돌아가는 소리가 멈추면서 안방문이 활짝 열리며

몽구 엄마 : 누구?

몽구 엄마가 안방 문을 열고 마당 쪽을 바라본다.


S#22. 몽구네 학교

코를 움켜쥐고 화장실 청소를 하는 몽구
이때, 화장실에서 볼일을 보고 나오는 만득
등을 돌린 채 청소를 하고 있는 몽구 발견. 입가에 장난기 웃음이 가득 번지는 만득.
씨익 웃더니 프레임 아웃된다.
몽구, 툴툴거리며 화장실 내부를 청소하는 몽구.

몽구 : 딸꾹. 딸꾹! 만득이 이 자식 만나기만 해봐라. 딸꾹, 딸꾹!!

그리고는 화장실에서 소변을 보는 몽구.

이때, 몽구의 머리 위로 드리워지는 검은 그림자.
몽구, 깜짝 놀라 움직이지도 못하고 천천히 고개를 들어 천장 쪽을 바라보면
긴 머리를 풀어헤친 귀신이 화장실 천장 위에서

VO) 파란 휴지 줄까, 빨간 휴지 줄까……

**몽구** : (그 자리에서 숨을 헐떡이며) 으아~~~~~귀신이다~~~~~~~

몽구, 대걸레를 내팽개쳐지고 도망가면, 천장에서 내려오는 귀신의 정체. 만득이다.

**만득** : (배꼽을 잡고) 우헤헤헤~~~~ (도망가는 몽구의 뒤통수를 향해)
　　　　몽구야, 딸꾹질은 깜짝 놀라게 해야 멈춘다는 거 몰라? 우헤헤헤~~~

깔깔거리며 웃어대는 만득.


S#23. 낙원 상가 / 내부 / 악기 판매점 / 환상→현실

열광적인 음악 소리. (우드스탁을 연상시키는 열광적인 분위기)
지미 헨드릭스, 도어즈, 밥딜런 등 외국 뮤지션들과 함께 기타 연주를 하는 열구.
긴 장발에 몸에 달라붙는 청바지를 입고 기타를 물어뜯으며 열광적인 연주를 하는 열구.
관객들의 환호성 소리. 미친 듯 연주하는 열구.
이때, 누군가 열구를 부르는 소리

VO) **주인** : 학생! 학생!

기타를 치던 열구, 누군가가 부르는 소리에 뒤를 돌아보면(환상 끝)
기타와 피아노 드럼 등이 줄지어 진열되어 있는 낙원상가 내부의 악기 판매점이다
판매점에 진열되어 있는 악기들과 판매점 안에 붙어있는 지미 헨드릭스, 도어즈, 밥딜런 등 외국
뮤지션들의 포스터들. 그리고 열구의 등을 툭툭 치는 판매점 주인.

**악기 판매점 주인** : 기타 사러 왔나?
**열구** : (환상에서 깨어나며) 아… 예…
**주인** : (열구를 위 아래로 훑어보며) 우리 가게 악긴 좀 비싼데…… 그래. 통기타? 클래식? 아님
　　　　전자 기타? (열구가 넋을 놓고 지미 헨드릭스의 포스터를 바라보는 모습을 보고는) 아…
　　　　전자 기타를 사려는 구나?
**열구** : (당황하며) 아니… 그게… 아니라…… (가방 속에서 기타가 그려진 상품권을 내보이며)
　　　　이… 이거…
**주인** : (열구가 건넨 상품권을 읽는) 이게 뭐냐? 사이다 3등 사은품 기타…?
**열구** : 예… 거기 적혀있는 사은품으로…
**주인** : 사은품 기타라면… 통기타밖에 안 되는데?
**열구** : (얼굴이 환해지며) 통기타요?
**주인** : 잠시만 기다려라. 사은품용 통기타는 창고에서 갖고 와야 한다.
**열구** : 아, 예……

주인, 통기타를 가지러 프레임 아웃되면, 진열장 안의 악기들을 신기하게 바라보는 열구
이때, 창고에서 기타를 들고 프레임 인 되는 주인.

주인 : (열구에게 건네며) 이게 사은품 용 기타다.

열구 : (기타를 받아 쥐고 기쁨의 얼굴)

주인 : (열구를 다시 위아래로 훑어보며) 너 기타는 칠 줄 아는 거냐?

열구 : (얼굴이 붉어지며) 아… 아뇨…

주인 : (카운터 위에 놓여진 기타 교본 집을 건네며) 기분이다. 이것도 가져라. 너 같은 초보자들을 위한 기타 교본이다.

열구 : (몇 번이나 인사를 하며) 아저씨, 감사합니다. 감사합니다.


열구, 통기타와 기타 교본을 뿌듯한 얼굴로 바라보는 얼굴에서 디졸브


S#24. 몽구네 집

명옥의 등에 업힌 채 듯 앙앙~~ 울어대는 여동생.
명옥, 당황하며 등에 업힌 동생을 어르며 어쩔 줄 몰라 한다.
몽구네 엄마는 난감하고 싫은 표정으로 애써 명옥을 피한다.

명옥 : (매달리듯) 아줌마, 죄송해요 오늘 하루만 부탁드리면 안 될까요? 오늘부터 저녁 때 식당 일을 하기로 했는데… 동생 때문에…

몽구 엄마 : (난색을 표하며) 아휴… 네 사정은 알지만… 나도 내일까지 수선할 옷들이 너무 많아서…

명옥 : (간절히) 아줌마…

몽구 엄마 : (단호하게) 나도 먹고 살아야 하잖니.

명옥 : (고개를 푹 숙인 채)

몽구 엄마 : (그런 명옥이가 안쓰러운 듯) 대신… 한가해지면 그 때 내가 꼭 봐주마.

바로 이때, 문을 열고 들어서는 몽구 아빠. 명옥을 보고 반갑게

몽구 아빠 : 아니, 이게 누구야? (명옥의 등에 업힌 상순이를 보며) 우리 개똥이잖아?

아빠를 발견하고 난감한 표정을 짓는 엄마.

몽구 아빠 : (사람 좋은 얼굴로) 아휴, 그 동안 몰라보게 컸구나.
명옥 : (인사를 하는) 아저씨… 안녕하세요
몽구 아빠 : (걱정스레) 그래, 그래! 아버지 병환은 좀 어떠시냐? 한 번 가서 들여다본다는 게…
　　　　　가보지도 못하고… 미안 하구나…
명옥 : (슬프게 웃으며) 예… 덕분에……
몽구 아빠 : (팔짱을 끼고 서 있는 엄마와 명옥을 번갈아보며) 근데 무슨 일이니?
명옥 : (황급히) … 아니에요 그냥 지나는 길에… (서둘러 인사를 하며) 저 그럼 가…갈게요……

명옥이 황급히 자리를 피하는 모습을 보고 무언가 눈치를 챈 듯

몽구 아빠 : 명옥아!
명옥 : (화들짝 놀라) 예?
몽구 아빠 : (사람 좋은 얼굴로) 개똥이, 오늘 내가 데리고 있으면 안 되겠니? 이 아저씨가 심심해
　　　　　서 그러는데……

명옥, 몽구 아빠와 몽구 엄마의 눈치를 보며 어쩔 줄 몰라 한다.

엄마 : (남편에게 눈치를 주며) 여봇!

아빠, 엄마의 눈치를 모른 척 하고 '아루루, 까꿍!' 하며 명옥의 등에 업힌 상순을 안는다.


S#25. 몽구네 집 담벼락

몽구의 집을 나서는.
고마운 얼굴로 몽구네 집 쪽을 돌아다본다.
이때 마당에서 티격태격 다투는 몽구네 부모 목소리

VO) **몽구 엄마** : 당신 미쳤어요? 가뜩이나 일이 밀려 밤을 꼬박 새워야 할 판에… 갓난쟁이까지!
VO) **몽구 아빠** : 저 어린 것이 고생하는 거 뻔히 알면서 야멸치게 내칠 수 없잖아.
VO) **몽구 엄마** : (한심하다는 듯) 아휴, 내가 당신 때문에 못살아, 못산다구우~~~~~~
VO) **몽구 아빠** : 걱정 마, 당신보고 애 보란 얘기 안 할 테니까. (아이를 보며) 까르릉, 까꿍! 우하하하, 요놈 웃는 거 보게. (몽구 엄마에게) 여보, 우리도 늦둥이 하나 낳으면 안될까? 응?
VO) **몽구 엄마** : (펄쩍 뛰며) 아휴, 망측해라!! 당신 정말 미쳤어요?

소리 없이 웃으며 몽구 아빠 엄마의 얘기를 듣고 서 있는 명옥.
몽구 아빠 엄마의 티격태격하는 소리를 뒤로 하고 골목길을 빠져나간다.

S#26. 선술집 / 외경 / 밤

술손님들로 가득 찬 식당
막걸리를 쟁반에 받쳐 들고 서빙을 하는 명옥의 모습이 외경으로 보인다.


S#27. 선술집 / 내부 / 밤

손님들 가운데 앉아 술시중을 들고 있는 춘천댁. 자지러지는 웃음소리.

**춘천댁** : (다른 테이블에서 서빙을 하고 있는 명옥에게) 얘~ 명옥아 뭐하니? 여기 술 떨어졌잖니.
**명옥** : 예… 지금 가요

명옥, 주방으로 들어가 막걸리를 주전자에 담아 손님 테이블에 갖다놓는.

**손님** : (술에 취해) 헤헤. 새로 온 아가씬가 보네…

손님이 명옥이를 끌어안으려 하자, 깜짝 놀라는 명옥

**명옥** : (당황) 아…저씨… 왜 그러세요…… 이거 놓세요……

그러나 명옥의 뿌리침에도 아랑곳 않고 명옥을 자꾸 끌어안으려하는 술주정뱅이 손님.
티격태격하는 명옥과 손님의 모습이 춘천댁 창 너머로 보이고

S# 28. 몽구네 방 / 밤

배를 깔고 엎드린 채 만화책을 키득거리며 보고 있는 몽구.

몽구 : 딸꾹, 딸꾹……(만화책을 보며) 우헤헤헤~~~ 딸꾹, 딸꾹!

열구, 몽구의 웃음소리가 귀에 거슬리는 듯, 흘겨본다. 뭐라고 한 마디를 하려다 다시 책을 펼쳐 들고 열심히 읽고 있다. 책을 보며 손가락을 튕기며 열중하는 열구 (기타 교본을 보면서 코드를 외우고 있는 중이다)
이때, 몽구 슬그머니 일어나 열구에게 다가와

몽구 : 형! 딸꾹!
열구 : (화들짝 놀라 책을 덮으며) 앗, 깜짝이야!! 뭐야?!
몽구 : (형의 모습이 이상하다는 듯이) 딸꾹, 내가 뭘 어쨌다구? 딸꾹, 더우니까 수박 먹자고 한건데…딸꾹…(눈빛이 변하면서) 근데 이상하네… 딸꾹, 형… 혹시… 그 책…
몽구 : (당황) 채…책이 뭐!
몽구 : 딸꾹, 아냐… 이상해.. 혹시 그 책…
열구 : (얼굴이 파랗게 질린다) 뭐…뭐가…!
몽구 : 딸꾹, 만 · 화 · 책 · 이 · 지? 그치? 딸꾹!

의기양양한 표정으로 열구를 몰아세우는 몽구

열구 : (그러나 오히려 허탈한 표정으로 몽구의 머리에 꿀밤을 먹이며) 임마, 내가 너 같은 줄 아냐?! 잔말 말고 숙제나 해!!

몽구 : (머리를 매만지며) 아얏 아니면 아니지? 왜 때려? 딸꾹!!

몽구의 투정에 들은 척도 안하고 다시 책을 들여다보는 열구.
책을 들여다보면서 손가락으로 뭔가를 연습을 하는 열구.
이때, 문밖 마당에서 들려오는 아이 울음소리. 명옥의 여동생 울음소리이다.

몽구 : (귀를 막으며) 딸꾹… 으 시끄러…!! 딸꾹


S#29. 몽구의 집 / 마당 / 밤

아기를 업었다 안았다하면서 애 보느라 정신이 없는 몽구 아빠

몽구 : (아기를 안고) 어르르~~ 까꿍!

그러나 여전히 빽빽 울어대는 갓난아이

몽구 아빠 : (답답하다는 듯이) 아휴… 네 누나는 왜 이렇게 안 오냐… 응?

이때, 안방 문이 벌컥 열리면서 아빠를 향해 소리를 지르는 엄마

엄마 : 애를 보는 거예요? 잠는 거예요? 동네 사람들 다 깨겠네.
몽구 아빠 : (어쩔 줄 몰라) 애가 말은 안하고 통 울기만 하니… 어디 아픈가…?

몽구 아빠, 아이의 이마에 손을 집어본다. 그러나 열은 없는 듯.

**몽구 아빠** : 이상하네⋯ 열은 없는데⋯ 대체 뭐가 문제지⋯?

아이, 자지러지게 울어대고

몽구 엄마, 더 이상 못 참겠다는 듯이 문을 박차고 나온다.

**몽구 엄마** : (애를 안으며) 이리 내놔요 애 하나 제대로 못 보면서 늦둥이는 무슨 늦둥이 타령이
야⋯

몽구 아빠, 엄마의 잔소리를 들으면서도 어쩔 수 없다는 듯 아기를 넘겨주고 머리만 긁적긁적.
엄마의 품에 안기자 울음소리가 잦아든다. 몽구 엄마, 아기의 아랫도리를 벗기면 기저귀가 축축
해져 있다.

**몽구 엄마** : 내 이럴 줄 알았다니까⋯ (몽구 아빠를 향해) 아, 뭐해요? 애 기저귀 젖은 거 안보여
요? 방에 들어가서 기저귀 갖고 나와요.
**몽구 아빠** : 아⋯ 알았어.
**몽구 엄마** : 됐어요 밤도 찬데 애 감기 걸리겠네.

몽구 엄마, 아이를 어르며 방으로 들어간다.
마당에 혼자 남은 아빠.
방 그림자로 아기의 기저귀를 갈아주는 몽구 엄마의 모습을 보며, 흡족한 듯 씨익 웃는다.

S#30. 몽구네 동네 외경 / 인서트

몽구네 동네 아침 풍경.

S#31. 보건소가 보이는 거리

노점상들이 줄지어 늘어져있는 길목.
이때, 프레임 인 되는 몽구와 몽구 엄마.
엄마의 손에 잡혀 질질 끌려가는 몽구와 억세게 몽구를 놓치지 않으려는 엄마의 실랑이가 벌어
진다.

**몽구** : 딸꾹! 싫어~~ 나 안 갈 거야~~~~~
**엄마** : 시끄러! 평생 딸꾹질하며 살 거야?
**몽구** : 그…그건 아니지만… 아무튼 병원은 싫단 말야, 싫어~~~~ 딸꾹!

그러나 우악스럽게 몽구를 끌고 가는 엄마.
결국 개 끌려가듯이 엄마의 손에 이끌려 보건소로 향하는 몽구.
이때, 미용실에서 일하는 미스 정을 만나는 엄마

**미스 정** : 어머, 아줌마 어디가세요?
**엄마** : 몽구 때문에 보건소 좀 가려구.
**미스 정** : (화들짝) 어머, 몽구가 어디 아파요?
**엄마** : 그게 아니라, 3일 내내 딸꾹질을 해대서…

**미스 정** : 호호호~~~ 딸꾹질이요? 호호호~~~~ 몽구 너 정말 웃기다 얘. 맨날 말썽 피는 것도 모자라 이번엔 딸꾹질이냐?

**엄마** : (신세 한탄처럼) 누가 아니래…

엄마가 미스 정과 수다를 나누고 있는 동안, 도망갈 기회만 노리며 주위를 두리번거리는 몽구.
이때 몽구의 시점으로 보이는 열구의 모습
LP판이 즐비하게 늘어져 있는 노점상에서 쭈그리고 앉아 열심히 LP판을 고르고 있다.
게다가 열구의 등에는 자기 키보다 더 큰 기타가 들려져 있고

**몽구** : (믿기지 않는다는 듯) 어…저건… 열구형…? (자기도 모르게 큰 소리로 열구를 부른다) 열구 형!! 열구 형!!

이때, 미스 정과 수다를 떨고 있던 엄마, 열구를 부르는 몽구의 목소리에 놀라 고개를 돌리면, LP판을 고르고 있는 열구의 모습. 이때 몽구의 목소리를 듣고 고개를 돌리는 열구.
엄마와 눈이 마주친다.

**엄마** : (황당, 놀라움) 여…열구야!! 너 도서관 간다더니 거기서 뭐하는 거야!

엄마와 눈이 마주친 열구, 그 자리에서 줄행랑을 친다.
황당한 엄마, 도망가는 열구를 향해 소리친다.

**엄마** : 열구야!! 열구야~~~~ 너 거기 안 서!!

엄마, 도망가는 열구를 잡기 위해 순간적으로 몽구의 손을 놓는다.

그 순간, 엄마의 눈치를 슬슬 보더니 뒷걸음질, 이내 쏜살같이 도망가는 몽구
그제서야 몽구가 도망친 걸 깨닫는 엄마.
열구와 몽구 사이에서 발을 동동 구른다.

**엄마** : (몽구를 향해) 이놈의 자식! 너 거기 안서~~~~~~!!
그러나 엄마의 말을 귓등으로 흘리며 도망치는 몽구.
이때, 도망가는 몽구 앞에 스르르~ 지나가는 버스 한 대.

**몽구** : (버스를 치며) 스톱! 스톱!!

몽구, 엄마를 피해 냉큼 버스 위로 올라탄다.


S#32. 버스 안

버스 창가로 보이는 엄마의 모습
도망가는 열구와 버스에 올라탄 몽구 사이에서 어쩔 줄 몰라 발만 동동 구르는 엄마
버스가 이동하면서 엄마의 모습은 점점 멀어지고

**몽구** : (씨익 웃으며) 헤헤, 엄마… 미안… 그치만 난 병원은 죽어도 싫다구…!!

버스 창문으로 멀어져가는 엄마를 보며 중얼거리는 몽구의 모습

S#33. 버스 안 / 시간경과

어느새 잠이 든 몽구.
뒷좌석에 앉아 늘어지게 잠을 자고 있다.
이때, 와자지껄하게 들려오는 소리.
몽구, 잠에서 깨어난다.

**몽구** : (졸린 눈을 비비며) 왜 이렇게 시끄러…

몽구, 졸린 눈을 비비며 그제서야 버스를 둘러본다.
그러다 눈이 휘둥그레진 채

**몽구** : (놀라) 엥~~~~~~? 너희들…

CA, 몽구의 시점으로 PAN되면 몽구 친구들이 우르르 버스에 올라탄다.

**몽구** : (의아) 어디 가는 거야?
**상식** : (황당) 어딜 가긴, 우리랑 같이 버스 타 놓구…
**몽구** : (황당) 내가?
**상식** : 그래, 너도 초대장 받고 이 버스 탄 거잖아!
**몽구** : (더욱 황당) 초대장이라구? 그게 뭔데?
**상식** : 야 너 자꾸 장난칠래?
**몽구** : 장난 아냐. 진짜란 말야. 난 초대장 같은 거 받은 적 없어.
**상식** : (기가 막히다는 듯이) 그럼 네 손에 있는 그건 뭐냐?

몽구, 상식의 말에 자신의 손을 본다. 손에는 언젠가 만화집에서 본 나뭇잎이 한 장 쥐여져 있다.

**몽구** : (놀라) 엥? 이건 또 뭐야?

몽구, 커다란 나뭇잎을 보며 회상

<플래쉬 백>
만화집, 정신없이 만화책을 읽고 있는 몽구. 이때 몽구 곁으로 슬금슬금 가까워지는 거대한 그림자. 동시에 몽구가 보고 있는 만화책에 커다란 나뭇잎 한 장이 떨어진다.

**몽구** : (그제서야 생각이 난 듯) 그럼… 이게…초대장…?
**상식** : (답답하다는 듯) 너, 너희 엄마 아빠 잠 못 자는 병 때문에 초대장 받은 거잖아.
**몽구** : 우리 엄마 아빠가 왜?
**상식** : 아휴… 답답해!! 아무튼 오늘은 버슬 잘못 탔으니까 다음에 소나기가 오면 마을 공터 버스 정거장에서 만나는 거야. 알았지?
**몽구** : (여전히 알아들을 수가 없다는 듯) 대체 무슨 소릴 하는 거야…

이때, 버스 기사 아저씨가 소리를 친다

**기사** : 자, 종점이다! 어서들 내려~~!!

어느새 종점에 도착한 버스 기사.
아이들, 우르르 내리기 시작한다.

S#34. 버스 정거장 / 종점

버스에서 내린 아이들 제각기 흩어지면, 혼자 남은 몽구.
여전히 어리둥절한 표정을 지은 채 중얼거린다.

**몽구** : 잠 못자는 병…? 소나기가 내리면 만나자구…?

몽구, 이해가 되지 않는다는 듯 고개를 절레절레 흔들며 집으로 향한다.


S#35. 몽구네 집 / 오후

담벼락 너머로 집안 분위기를 살피는 몽구
아무도 없는 텅 빈 마당.
댓돌에는 신발이 가족들 수대로 가지런히 놓여져 있다.
그러나 왠지 분위기가 심상치 않은 듯, 집안은 쥐 죽은 듯 조용하다.

**몽구** : (담벼락 너머로 집안 동정을 살피며) 이상하다… 왜 이렇게 조용하지…?

몽구, 살금살금 걸어가 안방을 살핀다.
찢어진 창호지 틈으로 보이는 엄마와 아빠의 모습.
엄마, 아빠 서로 등을 돌린 채 깊은 한숨을 푹푹 내쉬고 있다.

**몽구** : (두려움으로) 무슨 일이지…?

몽구, 상황 파악이 되지 않은 듯, 고개를 갸웃거리며 어쩔 줄 몰라 하면, 이때 안방 문이 벌컥 열린다. 엄마다.
놀란 몽구, 도망도 못가고 쭈뼛쭈뼛 거리며 뒷걸음질친다.

**몽구** : 헤… 엄…마… 저기… 사실은…… 아, 맞다! 나 딸꾹질 이젠 안 해. 봐, 안하잖아. 정말이야!
몽구, 호들갑스럽게 자신을 변명한다.
그러나 평소 때와는 달리 몽구에게 눈길 한번 던지지 않고 부엌으로 들어가는 엄마

**몽구** : (상황을 받아드릴 수 없다는 듯) 엥? 정말 이상하네… 지금쯤이면 빗자루가 날아와야 할 텐데…

그러나 부엌에서 깊은 한숨만 내쉬는 엄마.
몽구도 집안에 감도는 이상한 기운에 풀이 죽은 채 방으로 들어간다.


S#36. 몽구의 방

방문을 열고 들어오는 몽구.
방이 깜깜하다.
몽구, 전구 스위치를 켜면,
열구 형이 책상 위에 얼굴을 묻은 채 죽은 듯 앉아 있다.

**몽구** : (화들짝 놀라) 아이구, 깜짝이야! 뭐해? 귀신처럼…!

그러나 대꾸도 안하는 열구

**몽구** : (그제야 생각이 난 듯) 흐흐, 이제 알겠다. 형. 도서관 안가고 땡땡이치다가 엄마한테 걸렸
　　　　지? 흥, 맨날 1등 한다고 잘난 척 하더니… 쌤통이다.

그러나 여전히 미동도 하지 않는 열구

**열구** : (무겁게) 불 꺼!
**몽구** : (지지 않고) 싫어! 나 만화책 볼 거란 말야
**열구** : (무서운 표정으로 고개를 돌려 몽구를 노려본다)

열구의 무서운 표정에 놀란 듯, 스위치가 있는 곳으로 다가가며

**몽구** : (투덜) 우이씨, 괜히 나한테 신경질이야!

몽구, 열구의 무서운 표정에 기가 질린 듯 스위치를 내린다.
어둠.

S#37. **몽구네 집 / 외경 / 몽타주 / 시간경과**

새벽달이 기울고 아침 해가 솟아오르도록 불이 켜져 있는 몽구네 집 안방.
이때, 화장실을 가기 위해 졸린 눈을 비비며 마당으로 나온 몽구.
문득 안방의 불 켜진 창을 보고, 머리를 갸우뚱거리는 몽구

**몽구** : 이상하네… 여태 안주무시고 뭘 하시는 거지…? (문득 생각이 난 듯) 앗

<플래쉬 백>
버스 안에서 상식이가 한 말을 떠올리는 몽구
**상식** : (답답하다는 듯) 너, 너희 엄마 아빠 잠 못 자는 병에 걸려서 초대장 받은 거잖아.
**몽구** : (여전히 어리둥절) 우리 엄마 아빠가 왜?
**상식** : 아휴… 답답해!! 아무튼 오늘은 버슬 잘못 탔으니까
　　　　 다음에 소나기가 오면 마을 공터 버스 정거장에서 만나는 거야. 알았지?

<플래쉬 백 끝>

**몽구** : (중얼거리는) 그럼… 상식이가 말한 바로… 그 이상한 병?

몽구의 놀란 얼굴에서 스톱 컷


S#38. 인서트 / 마을 풍경

아침을 알리는 닭 울음소리와 함께 집집마다 환하게 켜져 있는 불빛.


S#39. 몽구네 학교 / 아침

몽구가 운동장을 가로질러 헐레벌떡 교실로 달려간다.

수업 시작 종소리와 함께 아슬아슬하게 교실로 들어가는 몽구


S#40. 몽구네 교실

수업 시간을 기다리며 서로 장난을 치는 교실 안 풍경.
헐레벌떡 교실로 들어오는 몽구
교실에 들어서자마자 상식이부터 찾는다.

**몽구** : 상식아! 상식아~~!!

상식의 이름을 부르며 상식의 자리로 온 몽구. 그러나 상식의 자리는 텅 비어있다. 옆에 있는 친구들에게 물어보는 몽구

**몽구** : 야, 만득이! 상식이 어딨어? 응?
**만득** : 몰라.
**몽구** : (머리를 신경질적으로 툭 치며) 야, 넌 대체 아는 게 뭐가 있냐?
**만득** : (버럭) 아얏!! (몽구를 노려보며) 너, 나 쳤어~~!!

만득이, 몽구를 향해 주먹을 날리려는 순간, 복도에 서 있는 상식의 모습을 발견한 몽구.
막내 여동생을 업은 채 담임 선생님과 이야기를 나누고 있다.
몽구, 상식을 발견하고 반갑게 복도로 뛰어나간다.
몽구가 뛰어나가는 바람에 몽구를 때린다는 것이 곁에 서 있던 다른 친구의 얼굴을 후려갈기는 만득

S#41. 몽구네 학교 / 복도

상식, 풀이 죽은 채 선생님께 무언가 얘기를 나누고 있다. 상식의 등 뒤에 업힌 어린 막내 동생 상순이는 빽빽 울어대고 선생님, 상식의 어깨를 툭툭 치며 위로를 한다.
분위기가 심상치 않음을 눈치챈 몽구, 상식에게 선뜻 다가가지 못한다.
상식, 담임 선생님과 대화를 모두 마친 듯, 꾸벅 인사를 하고는 뒤돌아선다.
몽구, 선생님이 교실에 들어가는 것을 확인

**몽구** : (낮은 목소리로) 상식아! 상식아!

상식, 몽구의 소리를 듣고 뒤를 돌아선다.

**몽구** : (상식에게 다가와 철없이) 상식아, 어제 버스에서 네가 말한 그 이상한 병말야. 우리 집에
　　　도 그 병이 생긴 것 같아! 어떡하지?

그러나 상식은 몽구의 말이 귀찮고 귀에 들어오지 않는 듯.

**상식** : (시무룩) 나 지금 농담할 기분 아냐.
**몽구** : 짜샤, 농담 아냐! 어제 네가 버스에서…

그러나 몽구의 말이 끝나기도 전에 몸을 휙 돌려 나간다.

**몽구** : (복도에 혼자 남은 채) 야! 유상식!!

그러나 터벅터벅 멀어져가는 상식.

막내 여동생을 업은 채 걸어가는 축 처진 상식의 뒷모습
이때, 선생님이 몽구를 부르는 소리

**선생님** : 이 몽구! 거기서 뭐해? 빨리 들어와!
**몽구** : (황급히) 예~


S#42. **몽구의 교실**

창가에 앉아 수업을 듣고 있는 몽구.
창문 쪽으로 고개를 돌리는 몽구.
이때, 창문 너머 여동생을 업고 큰 운동장을 가로질러 가는 상식의 모습이 쓸쓸하고 초라하다.


S#43. **상식의 집**

빈한한 살림살이. 단칸방에 상식의 여동생이 빈우유통을 빨고 있고, 병색이 완연한 상식의 아버지가 힘없이 누워있다. 상식은 걸레로 방 청소를 하고 있고

**아빠** : (마른기침 소리) 콜록, 콜록… 사…상식아…(약을 갖다달라는 듯 손짓을 한다)

상식, 걸레질을 멈추고 방 한 귀퉁이에 놓여있는 약봉지에서 약을 꺼내 아버지에게 건네준다.
힘겹게 약을 먹는 아빠.
상식, 물 컵을 제자리에 두려고 몸을 돌리는 순간

상식 : 어어~~~~ 안 돼~~~~~~~!!

어느새 여동생이 아버지의 약봉지에서 약을 꺼내 우걱우걱 씹어 먹고 있다.
상식, 여동생의 손에 쥐어진 약봉지를 억지로 뺏는다.

상식 : 이 바보야! 아버지 약을 먹으면 어떡해!!

상식의 으박지름에 놀란 여동생, 울음을 터뜨린다.

상순 : 으앙~~~~~~~~~~앙~~~~~~~~~~
상식 : (상순의 입을 억지로 벌리고) 빨리 뱉어, 뱉으란 말야!

그러나 고집스럽게 입을 다물고 꿀꺽 먹어버리는 상순.
상식, 갑자기 서러운 눈물이 치솟아 오른다.

상식 : (더 이상 참을 수 없는 듯) 에잇! 지겨워~~ 지겨워 미치겠어~~~!!

우는 여동생을 뒤로 하고 문을 박차고 나가는 상식


S#44. 상식의 집 / 창고

어둠 속에서 들려오는 상식의 울음소리
화면, 서서히 밝아지면 온갖 잡동사니가 쌓여있는 창고 내부.

상식이 무릎에 고개를 박은 채 울고 있다.
울음소리 잦아들면 고개를 드는 상식.
상식의 시점으로 보이는 모형 비행기.

**상식** : (비행기를 보며) 나도 너처럼 날개가 있다면… 날개가…

상식, 고개를 들면, 창고 창문 너머로 떨어지는 별똥별


S#45. 몽구네 집

가방을 들고 집으로 돌아오는 몽구.
이때, 우체부 아저씨가 몽구네 집 우편함에 편지 봉투를 넣고 간다.
몽구, 신이 나서 우체통을 열어 우편물을 확인하다.

**몽구** : (편지를 살피더니) 뭐야…

몽구, 마루바닥에 편지들을 던지듯 놓고는 안방 문을 열며

**몽구** : (안방 문을 열며) 엄마! 배고파!!

재봉질을 하고 있던 엄마, 동작을 멈추고

**엄마** : (혀를 끌끌) 엄마만 보면 배고픈 게 인사니? 맨날 먹는 타령은…
　　　　부엌 찬장에 가봐. 고구마 쪄놓은 거 있으니까.

몽구 : (투덜) 우이씨, 맨날, 고구마야. 만득이가 먹는 셈베이 과자 먹고 싶은데···

투덜거리며 부엌 쪽으로 가는 몽구.
이때 몽구를 향해 안방에서 들려오는 소리

VO) 엄마 : 열구랑 미구 거까지 다 먹지말구. 남겨둬, 알았지?


S#46.  몽구네 집 / 부엌

부엌 찬장을 뒤지는 몽구,
커다란 그릇에 잘 익은 고구마가 가득 들어있다.
고구마 그릇을 들고 마루로 간다.
이때 안방에서 나와 마루에 놓여있는 우편물을 발견하는 엄마

엄마 : (의아) 어디서 온 편지지···?

엄마, 편지봉투들을 확인하다가 한 편지봉투에서 시선 멈춘다.
그리고 봉투를 뜯어 내용을 확인하는 엄마.
얼굴이 새파랗게 질린다.

몽구 : (고구마를 우적우적 먹으면서) 무슨 편지야? 응?

엄마, 손을 바르르 떨면서 화가 난 얼굴이다

엄마 : (크게 허탈, 배신감이 교차) 이…이놈의 자식이… 기어코……!!
몽구 : (여전히 우걱우걱 먹으며 ) 왜? 뭐라고 써있는데? 응?
엄마 : (울음을 터뜨릴 듯) 아이구. 내 팔자야… 내 팔자야…

엄마, 화가 난 얼굴로 어쩔 줄 모른 채 멍하니 마루바닥에 풀썩 주저앉는다.
몽구는 철없이 고구마만 우적우적.


S#47. 레코드 집 / 외경


레코드가 진열되어 있는 레코드 집. 70년대 당시 유행하던 영화 포스터와 음반 포스터들이 덕지
덕지 붙어있는 풍경.
몇몇 학생들이 레코드판을 구경하고 있다.
이때, 레코드 집을 지나가는 명옥.
무심코 길을 걷다가 누군가를 발견한 듯, 우뚝 걸음을 멈춘다.
레코드 집 창을 통해 명옥의 시점으로 보이는 레코드 집 내부
두 명의 여학생과 세 명의 남학생이 기타리스트한테 기타강습을 받고 있는 모습이다.
그리고 남학생 중 열구의 모습을 발견하는 명옥.
기타를 연습하던 열구가 레코드 집 유리 창문을 통해 자신을 보고 있는 명옥과 눈이 마주친다.
서로 놀라는 두 사람.

S#48. 거리 / 저녁

열구는 기타를 메고, 명옥은 가방을 들고 걷고 있다.

열구 : (머뭇거리며) 너… 우리 집에 얘기 안 할 거지…?
명옥 : (의아) 그게 무슨 소리야…? (놀라) 그럼…너…?
열구 : 집에선 몰라. 저번에 도서관 간다며 길거리에서 LP판을 사다가 엄마한테 들킨 적은 있지
　　　만… 그냥 넘어갔어.
명옥 : (놀라) 뭐어?
열구 : (명옥을 보며 수줍게) 그러고 보니 이게 다 너 덕분이네.
명옥 : (의아) 내 덕분이라고? (생각이 난 듯) 혹시… 그럼… 그 기타……?
열구 : (씨익 웃으며) 맞아. 너가 운동장에서 주운 그 사이다 뚜껑 경품으로 받은 게 바로 이 기
　　　타야.
명옥 : (놀라움) 세상에…! 그랬구나…
열구 : (화제를 바꿔) 근데 넌 어디 가는 길이야?
명옥 : (수줍게) 아… 야학… 나 요즘 야학 다녀.
열구 : 야학? 대학생들이 가르쳐준다는 그 야학 말야?
명옥 : 응, 그리고 나… 검정고시도 볼 거야.
열구 : 검정고시?
명옥 : (신이 나서) 응! 야학 선생님이 그러는데, 학교 다니지 않고도 검정고시 시험보고 대학간
　　　사람들도 많대. 나 꼭 검정고시 합격해서 언젠가는 꼭 대학생이 될 거야.
열구 : (생각에 잠기며) 그렇구나… 대학생… (이때 갑자기 생각이 난 듯) 참! 내 성적표!!
명옥 : (의아) 성적표?
열구 : (머리를 쥐어뜯으며) 으… 어쩌지…? 깜박 잊고 있었어. 걸리면 난 죽었어~~

명옥, 열구의 말이 이해가 되지 않는 듯 멀뚱히 열구를 바라보면

**열구** : 명옥아! 나 먼저 갈게. 다음에 보자~~~~

열구, 커다란 기타를 등에 메고 정신없이 달려가면. 의아한 표정으로 바라보는 명옥


S#49. 몽구네 집

열구, 커다란 기타를 들고 살금살금 집으로 들어간다.
마당에 아무도 없는 것을 확인, 창고 쪽으로 살금살금 걸어간다.
그리고 창고 안에 기타를 숨겨두는 열구.
쌀가마니로 기타를 꼭꼭 숨겨둔다.

**열구** : 휴… 됐어…

열구, 안도의 숨을 내쉬고 창고 문을 열고 나오려는 순간, 열구의 앞을 가로막는 그림자.
성난 표정의 아버지다.

**열구** : (기겁을 하며) 아…아버지……

S#50. 몽구네 집 / 몽구네 방

미구와 몽구, 평소와는 다르게 시무룩 앉아있다.
미구, 문틈을 통해 마당을 살피고 있다.
미구의 시점으로 보이는 창고

미구 : (겁에 잔뜩 질려) 창고에 쥐도 많은데… 열구형 무섭겠다… (몽구를 보며) 그치?
몽구 : (입을 삐죽거리며) 흥, 1등 한다고 맨날 나한테 잘난척하더니… 쌤통이다!
미구 : 치, 그래도 큰 오빠는 오빠처럼 꼴찌한 건 아니잖아.
몽구 : (버럭) 뭐야? 너 자꾸 꼴찌 꼴찌 할래? 그리고 열구 형이 혼나는 건 성적 때문이 아냐.
미구 : 그럼 뭔대?
몽구 : 넌 몰라도 돼!
미구 : 치, 자기도 모르면서…
몽구 : (눈을 부라리며) 뭐야?
미구 : (다시 문틈으로 밖의 동정을 살피며) 앗, 아버지다.

몽구, 미구의 말에 문틈으로 마당을 살핀다.
담배를 피우며 근심스레 마당을 서성이는 아버지
몇 번이나 창고 쪽으로 가서 문을 열려다, 이내 돌아서는 아버지.
그러다 갑자기 몽구가 있는 방 쪽으로 걸어와 문을 벌컥 연다

아버지 : (평소와는 다르게, 엄하게) 몽구, 미구!!
몽구 : (잔뜩 얼어서) 예?
미구 : 응?

몽구가 미구의 옆구리를 쿡, 쿡 찌른다. 몽구의 신호를 눈치 챈 미구

**미구** : 아니… 예…!
**아버지** : (엄하게) 창고 문 절대 열어 주지 마. 알았어?
**몽구, 미구** : (기어들어가는 목소리로) 예… 응…(미구) 아니… 예…

아버지, 문을 닫으면 겁에 질린 몽구와 미구.


S#51. 몽구네 집 / 창고

달빛이 은은하게 비추는 창고 안.
열구가 기타를 끌어안은 채 소리 없이 흐느낀다.


S#52. 몽구네 집/ 몽구 방

어느새 잠이 든 몽구와 미구.
이때 지붕위로 비 떨어지는 소리. 소나기다.

E) 투닥, 투닥

선잠이 들었던 몽구. 잠에서 깨어난다.
문을 열고 밖을 내다보는 몽구.

**몽구** : 소나기잖아?… (창고가 있는 마당 쪽을 바라보며 근심스레) 창고에 비 샐텐데… 이불이라
도 갖다 줄까…?

몽구, 근심스레 창고를 바라본다. 그리고 다시 안방 쪽을 바라보는 몽구.
엄마, 아버지는 잠을 못 이루는 듯 불이 환하게 켜져 있다.

**몽구** : 여태 안주무시고 뭐하는 거지……? (이때 불현듯 무언가가 생각난 듯) 맞아! 소나기!!

<플래쉬 백>
**상식** : 소나기가 오면 마을 공터 버스 정거장에서 만나 다시 가기로 했어.

몽구, 상식의 말을 기억해내고 얼굴에 환하게 미소가 번진다.

S#53. 마을 입구 / 정거장

마을 정승 앞. 천하대장군, 천하여장군이 우뚝 서서 마을을 지키는 모습.
천하대장군과 천하여장군이 어딘가를 응시하는 듯하다. CA, 정승들의 시선을 따라 가면,
찢어진 우산, 비닐 우산, 엄마 양산 등을 쓰고 나온 몽구 친구들.
버스 정거장 앞에서 종알거리며 버스를 기다리고 있다.

AD) **아이들** : 왜 이렇게 안 오는 거지? // 그러게… 오늘도 다른 버스가 오는 건 아니겠지?

이때 저 멀리서 버스가 헤드라이트를 켜며 다가온다.

**아이들** : (버스를 발견) 와~~ 왔다!

**상식** : (꼼꼼하게) 잘 봐. 저번처럼 잘 못 타지 말구!

**아이들** : (앞 다투어 버스 앞면을 바라보고) 맞아. 허공산 행이라고 써 있어!!

CA, 버스 앞면의 '허공산 행'이라고 씌어진 문구 C.U

버스 정거장 앞에 도착한 버스

문이 자동으로 열리면, 우르르 버스에 올라타는 친구들.

상식이만이 버스에 올라타지 않고 초조하게 누군가를 기다리고 있다.

버스에 올라탄 친구들, 창문에 얼굴을 내밀고

**아이들** : 상식아! 뭐해? 빨리 타!!

**상식** : (여전히 누군가를 기다리며) 잠깐만!!

이때, 저 멀리서 나뭇잎으로 머리를 가리고 헐레벌떡 뛰어오는 몽구. 그 뒤를 이어 몽구를 악착같이 쫓아오는 미구

**몽구** : (손을 흔들며) 스톱!! 버스 스톱!!

몽구, 숨을 몰아쉬며 헐레벌떡 달려오는 몽구.

**상식** : (반갑게) 왜 이렇게 늦었어. (쫄레쫄레 쫓아오는 미구 발견) 어? 미구도 왔잖아?

**몽구** : (숨을 몰아쉬며 미구를 가리키며) 아휴… 요 지지배 떼어놓고 올려다 늦었어.

**상식** : (난처한 듯) 엥? 그럼… 저 울보두…?

이때, 버스 안에서 소리치는 아이들

**아이들** : 야, 너희들 뭐해? 빨리 타~~~
**몽구** : 알았어!

몽구와 상식, 미구 후다닥 버스 위에 올라탄다.
모두 버스에 올라타면 신나게 달리기 시작하는 버스


S#54. 버스 / 밤 / 시간경과→아침

버스 안에서 바라본 마을 풍경
서서히 마을 가운데를 가로 질러 털털거리며 달려가는 버스
버스 창가에 매달려 마을의 야경을 구경하는 몽구.

**몽구** : (감탄) 와~~ 밤에 보니까 우리 동네도 멋지다.
**미구** : (덩달아) 멋있다. 멋있대!!

감탄을 하며 마을 야경을 구경하는 몽구와 친구들

**몽구** : (마을의 집집마다 환하게 불이 켜져 있는 걸 보고) 어? 이상하다… 왜 모두 불이 켜있는
거지?
**상식** : 바보… 그러니까 잠 못 자는 병이지!!

이때, 미구가 하얗게 질린 얼굴로 몽구의 옆구리를 쿡쿡 찌르며

**미구** : 오…오빠야… 운전기사… 아저씨가… 없어…
**몽구** : (귀찮은 듯, 창밖 구경에 정신이 없는) 아휴. 뭐야 또!!
**미구** : (금방 울음을 터뜨릴 듯) 앙~~~ 운전기사 아저씨가 없단 말야~~~~ 양~~~
**몽구** : (그제야 정신이 퍼뜩 들어) 뭐?
**아이들** : (몽구와 함께) 뭐라구?

몽구와 아이들, 버스 앞좌석을 확인하면 미구 말대로 아무도 없는 운전석.

**몽구** : (벌벌 떨며) 으… 이 이럴 수가…(이때 갑자기 버스가 기우뚱거린다) 어 어~~버스가… 왜
　　　이래…… 으아~~~!!

버스가 기우뚱거리더니 갑자기 급상승하며 하늘로 붕~ 올라가기 시작한다.

**아이들** : (창가에 매달린 채 놀라움과 호기심으로 환호성) 와~~~ 버스가 날고 있어!!

버스, 마침내 구름 위까지 솟아오른다.
창밖을 내다보며 신이난 아이들

**아이들** : 와~~~ 우리가 구름 위를 날고 있어~~~!!

아이들, 기쁨의 함성을 지르며 좋아한다.

**몽구** : (넋을 잃은 듯) 내가 하늘을 날다니…
**상식** : (역시 기쁨에) 아폴로를 타도 이런 느낌일까…?

공중 위의 시점으로 바라본 세상. 마을 풍경은 점점 멀어져 가고 버스는 유유히 어딘가로 날아간다.


S#55. 허공산

아이들을 태운 버스, 하늘 위를 날아가다 구름 사이로 보이는 산으로 날아간다.
그리고 허공산 봉우리에 정차하는 버스 아이들 버스에서 하나, 둘 내리기 시작하고, 주변을 둘러본다.
빽빽한 밀림과 아름다운 꽃으로 둘러싸인 공간이다.

**몽구** : (두리번거리며) 여기가… 어디지…?
**미구** : (잔뜩 겁에 질려) 오…빠… 무서워…

몽구도 두려운 듯 주변을 둘러본다.
그러나 나무와 꽃 말고는 아무 것도 보이지 않는 산.
이때, 상식이가 얼굴이 하얗게 질려 소리친다

**상식** : 으아~~~~~~~~!!

어디선가 들려오는 상식의 비명소리에 아이들과 몽구, 소리가 나는 곳으로 달려간다.

벼랑 끝에 서 있는 상식. 겁에 잔뜩 질린 얼굴로 손가락으로 벼랑 아래를 가리킨다.

**상식** : (두려움에 떨며) 여…여긴… 여긴…

아이들, 상식이 손가락으로 가리키는 곳을 일제히 바라보고 놀란다.
몽구의 시점으로 보이는 주변 풍경.
그곳은 구름 위로 둥둥 떠 있는 허공산이었던 것.

**몽구** : (놀라) 이…이럴 수가… 산이… 허공에 떠 있잖아…

미구, 산 아래를 내려다보고 금방이라도 울음을 터뜨릴 것 같은 표정을 짓더니 결국 울음을 터뜨리고 만다.

**미구** : 와왕~~~~~ 앙앙~~~~~~ 무서워~~~~~ 나 집에 갈래, 집에 갈래~~~~~~~~ 앙~~~

미구의 터질 듯한 울음소리에 놀란 아이들.

**몽구** : 그만 울어! 네 울음소리 때문에 산이 땅으로 꺼질 것 같단 말야.

그러나 몽구의 구박에도 아랑곳 않고 더욱 큰 목소리로 울어대는 미구

**미구** : 앙~~~~~~오빠 미워~~~~~~~ 나 집에 갈래~~~~~~~~

미구, 악이 바친 소리로 울음을 터뜨린다. 미구의 천둥소리 같은 울음소리에 기겁을 하는 아이

들. 모두 귀를 막고 괴로워한다. 바로 이때, 어디선가 "뽕, 뽕" 소리와 함께 등장하는 풍선요정, 졸린 표정들의 얼굴로 나타난 풍선요정들. 곰, 강아지, 토끼, 꽃 모양의 서로 다른 색깔을 한 다양한 풍선들이다.

**풍선요정** 1 : (늘어지게 하품을 하며) 아휴, 누가 이렇게 시끄럽게 우는 거야.
**풍선요정** 2 : 가뜩이나 인간들이 잠을 안자서 피곤해 죽겠는데… 대체 누구야?

아이들, 깜짝 놀라 풍선요정들을 바라보면

**몽구** : (황당) 엥? 풍…풍선이 말을 하잖아…?

아이들, 말하는 풍선들을 보고 놀라워한다…

**풍선요정** 1 : 너희들 누구니?
**몽구** : 우…우리요? 우린 그냥… 초대장 받고… 버스타고 온 건데… (상식에게 동의를 받으려고)
　　　그치? 말 좀 해봐!

풍선요정들 저들끼리 서로를 쳐다본다.

**풍선요정** 1 : (그제야 알겠다는 듯이) 아, 알았다!! 눈초롱이 말한 바로 그 아이들이구나.
**아이들** : (입을 모아) 눈초롱이요?

아이들, 의아한 얼굴로 풍선요정을 바라본다.

S#56. 허공산 / 눈초롱의 집 / 시간경과

커다란 나뭇잎을 이불 삼아 잠이 든 눈초롱
둥글둥글 납작납작하게 생긴 눈초롱이, 숨을 푹푹 몰아쉬며 곯아떨어져 있다.
CA, 줌 아웃되면 눈초롱을 둘러싸고 있는 아이들.
잠을 자고 있는 눈초롱을 신기하듯 바라보는 아이들.


**몽구** : 크크, 정말 웃기게 생겼다.
**상식** : (고개를 갸웃) 정말 얘가 우릴 초대한 걸까?
**몽구** : 설마. 우릴 초대했다면 이렇게 잠만 잘 리가 없잖아.
**상식** : 하긴…


이때, 몽구 뒤에서 두려운 표정으로 눈초롱의 거대한 모습을 바라보고 있던 미구.
슬며시 다가와 눈초롱의 발바닥을 손으로 간질이기 시작한다.


**미구** : 키키… 크크…


미구, 간지럼 놀이가 즐거운 듯, 이번에는 양 발바닥을 간질이기 시작한다.
미구가 간지럼을 피우자 움찔하며 발을 움직이는 눈초롱
귀찮은 듯 몸을 움찔하더니, 옆으로 돌아누워 여전히 잠에 취한다.
그런 눈초롱에게 장난기가 돈 아이들.
미구와 함께 발바닥, 손바닥, 가슴 등을 간질이기 시작한다.
간지럼을 할 때마다 몸을 뒤척이는 눈초롱.

아이들 : 어라? 꿈쩍도 안하네.
몽구 : 뭐야, 잠귀신이잖아?

이때, 풍선요정 하나가 몽구에게 다가와 귓속말로 무언가를 속삭인다.
풍선요정의 이야기를 듣고 얼굴에 장난기가 가득히 도는 몽구.
몽구, 풍선요정의 귓속말을 듣자마자, 주위를 둘러본다.
그리고 몽구의 시점에 들어오는 호박꽃
몽구, 호박꽃을 꺾는다.
그리고는 조심스럽게 눈초롱에게 다가가는 몽구,
호박꽃을 몽구의 코에다 들이댄다.
그러자 코를 발름발름 거리더니 갑자기 눈을 번쩍 뜨는 눈초롱.
금방이라도 아이들한테 달려들 것 같은 표정이다.

아이들 : (두려움에) 헉!! 화났나봐…

깜짝 놀란 아이들, 뒤로 주춤 물러서면
갑자기 호박꽃을 우걱우걱 먹어대는 눈초롱.

아이들 : 와~~~ 저 꽃… 먹는 꽃인가 봐… 우리도 먹어보자.

아이들, 눈초롱이 먹은 꽃을 조심스럽게 꺾더니 입에 넣는다.
우물우물 맛나게 씹어 먹는 아이들.
호박꽃을 먹어대던 눈초롱, 그제서야 잠이 깼는지 게슴츠레 했던 눈이 꽃을 먹는 것과 함께 초
롱초롱 빛나기 시작한다.

몽구 : (신기) 와~~ 눈이 초롱초롱 하네.
아이들 : 와~~ 그래서 눈초롱인가봐.

아이들의 칭찬에 으쓱해진 눈초롱, 눈을 더욱 크게 뜨기 시작한다.
바로 이때, 눈초롱이 눈을 활짝 뜨자 허공산이 붕~ 날아오르고, 나무들이 쑥쑥 자라나는 등 생동
감 있는 공간으로 바뀌기 시작한다. 게다가 눈초롱은 언제 잠을 잤느냐는 듯, 눈이 반짝반짝 빛
이 나기 시작하고 눈초롱이 눈을 한 번 깜박일 때마다 하늘에서 꽃가루가 떨어지기 시작한다.

몽구와 아이들 : (사방에서 떨어지는 꽃가루를 신기하게 바라보며) 와~~~ 눈초롱이 눈을
                깜박일 때마다 꽃이 떨어지고 있어~~

몽구와 아이들, 신이 나서 꽃눈을 맞으며 좋아한다.

풍선요정 1 : (환하게 웃으며) 눈초롱이 이제 정신이 좀 드나보네
풍선요정 2 : 그러게 말야. 어른들 때문에 잠만 자더니… 호호호
몽구 : (풍선요정들의 대화를 듣고) 어른들 때문에 잠만 잔다구?
풍선요정 1 : 그래, 눈초롱은 어른들이 잠들어야 지상에 내려갈 수가 있는데, 요즘 통 내려갈질
            못해 저렇게 잠만 자고 있단다.
풍선요정 2 : 참, 지상에는 재밌는 일들도 많이 일어난다고 하던데… 정말 그러니? 얼마 전엔 이
            상한 그림책도 보고 왔다며 좋아하던데…
몽구 : 이상한 그림책…?

이때, 몽구가 깜짝 놀라며 무언가를 기억해낸다.

몽구 : 앗, 생각났어! 쟤는… 그 때… 그 만화집에서……?

<플래쉬 백>
만화집에서 만화를 보고 있는 몽구 곁에 앉아 함께 만화책을 보고 있는 눈초롱의 모습

몽구 : 와우!. 꿈이 아니었어.

그러자 아이들도 저마다 맞장구를 치며, 저마다 지상에서 눈초롱을 만난 기억을 되살린다.

AD) 아이들 : 나두, 나두! 난 부엌에서 봤어. 난 놀이터에서!!

저마다 자신들의 기억을 떠올리며 좋아한다.

몽구 : 하지만… 요새는 통 보질 못했는데…
풍선요정 2 : 당연하지. 요즘 너희 동네 어른들이 잠을 안자는 바람에 가질 못했으니까.
풍선요정 1 : 너희들의 도움이 필요해
상식 : 도움이라구?
풍선요정 1 : 그래, 어른들을 재우려면 너희들이 필요하니까!
아이들 : (이해가 되듯) 아, 그런 거였구나……
몽구 : 하지만… 우리가 뭘 어떻게 해야 하는 거지?

이때, 눈초롱이 아이들에게 손으로 자신을 쫓아오라는 신호를 한다.

몽구 : (눈초롱의 말을 알아듣지 못하는 듯) 뭐라는 거야? 답답해 죽겠네…

**상식** : 자길 쫓아오라는 것 같은데?

상식의 말이 끝나기도 전에 자리에서 일어나더니 둥둥~~ 날아가는 눈초롱.

**상식** : 얘들아, 우리도 같이 가보자.
**아이들** : 좋아, 좋아

아이들, 눈초롱이 가는 곳으로 함께 달려간다.


S#57. 허공산 호수

허공산 중턱에 마치 구멍처럼 움푹 패어진 호수.
푸르고 잔잔한 물이 찰랑찰랑거리는 맑고 투명한 호수이다.
눈초롱과 함께 호수에 도착한 아이들.

**몽구** : 여기가 어디지?

이때, 상식이가 아이들을 향해 소리친다.

**상식** : (놀라운) 얘들아, 이것 봐. 우리 동네가 호수 안에 들어가 있어.
**아이들** : 뭐?

아이들, 우르르 달려가 호수 안을 들여다본다.

S#58. 허공산 / 호수 안

몽구의 마을 동네가 고스란히 보이는 호수 안
집집마다 환하게 불이 켜져 있고, 딱따기를 치며 마을을 도는 방범대원의 모습도 보인다.

**아이들** : (손으로 가리키며) 와~ 저기 우리 집이야.
**순돌** : 우리 집도 저기 있어. 와~~ 신기하다.

아이들, 호수 안에 비춘 자신들의 집을 확인하며 놀라워한다.
몽구도 아이들 틈에서 열심히 자신의 집을 찾는다.
그리고 몽구의 시점으로 보이는 몽구네 집.
이때, 아버지가 근심스런 표정으로 마당을 서성이며 담배를 피우는 모습을 발견한다.

**몽구** : 앗, 아버지다!!
**미구** : (덩달아) 아버지? 어? 정말 아버지다. (아버지가 손에 잡힐 듯) 아버지~~ 아버지~~~~ 나
　　　　미구야. 미구~~~

그러나 미구의 목소리를 듣지 못하는 듯 아버지는 여전히 마당 안을 서성이고

**미구** : (자신의 목소리를 듣지 못하는 것이 안타까운 듯) 잉… 내 목소리가 안 들리나봐…

성큼성큼 호수 안으로 걸어가는 미구. 한발만 더 디디면 호수 안이다.

**몽구** : (놀라) 안 돼, 미구야~~~~~~ 어서 나와.

그러나 이미 미구의 발은 호수 안으로 들어간 상태

**미구** : (아버지가 보이는 곳으로 걸어가) 아버지~~~ 아버지~~~~

아버지를 부르며 호수 안으로 들어간 미구, 마침내 수심이 깊은 곳에 빠지고 만다

**미구** : 으악~~~~ 어푸, 어푸~~~~~ 아버지~~~~~~ 살려줘

미구, 결국 호수 안에 빠진 채 허우적거린다.

**몽구** : 으으… 어떡해. 난 수영 못해. 애들아, 미구 좀 구해줘. 어서~~~

아이들, 어쩔 줄 몰라 우왕좌왕 하면, 풍선요정들이 호수에 빠진 미구에게로 날아간다.
이때 풍선요정 1이 힘차게 휘파람을 분다.

**풍선요정** 1 : 휘이~~~~~~ 휘이~~~~~~~~~~~

휘파람 소리와 함께 하늘을 뒤덮듯이 날아오는 풍선요정들.

**풍선요정들** : 무슨 일이야!
**풍선요정** 1 : 아이가 호수에 빠졌어. 구해줘야 해.

풍선요정들, 호수 안에서 허우적거리는 미구를 발견한다.

**풍선요정 1** : 자, 어서!!
**풍선요정들** : 좋아, 어서 가자구

풍선요정들, 미구가 빠진 호수로 날아간다. 그리고 서로 둥글게 원처럼 모이더니 커다란 기구를 만든 후, 호수에 빠진 미구에게 긴 줄을 내려 보낸다.

**풍선요정들** : (미구를 향해) 어서 줄을 잡아!!
**아이들** : (덩달아) 미구야. 어서 잡아!!

미구, 풍선요정들이 내려준 줄을 잡자 풍선요정들 몸을 더욱 크게 부풀리더니 미구를 호수 안에서 끄집어내는데 성공. 환호성을 지르는 아이들.


S#59. 허공산 / 호수 밖 / 시간경과

젖은 옷 대신 허공산의 커다란 나뭇잎으로 몸을 감싼 미구.
아이들과 눈초롱이 호수 근처에서 얘기를 나누고 있다.

**몽구** : (풍선요정들에게) 고마워. 너희들이 없었으면 큰일 날 뻔 했어. (미구를 향해 주먹을 보이며) 어휴. 내가 너 때문에 못살아~~

미구, 민망한 듯 입을 삐죽거린다.

**상식** : 근데 다음엔 뭘 어떻게 해야 하지?

몽구 : 맞아. 어른들이 잠자는 방법을 알려준다고 했잖아.

눈초롱, 몽구의 말에 손짓 발짓으로 무언가를 이야기한다.

몽구 : (풍선요정에게) 뭐라 그러는 거야?
풍선요정 : 이제부터 너희들이 저 호수 안에 들어가는 방법과 어른들이 잠을 잘 수 있는 마법을
　　　　　 가르쳐주겠대.
아이들 : 뭐? 우리가 저 호수로 들어간다구?
아이들 : 게다가 마법까지?
눈초롱 : (고개를 끄덕거린다)
몽구 : (겁에 질려) 야~~ 난 수영도 못하고 마법도 해본 적이 없단 말야.
아이들 : (덩달아) 나둔데……

그러나 눈초롱은 걱정말라는 듯 호수 근처에 흐드러지게 피워있는 꽃들을 꺾어, 아이들에게 나
눠주는 눈초롱.
어리둥절한 채 눈초롱이 꺾어주는 꽃잎을 받아 쥐는 아이들.

아이들 : (웅성거리며) 대체 뭘 어쩌라는 거야?

눈초롱, 아이들에게 꽃을 다 나눠준 다음 입을 우물우물 거리더니 주문을 외운다

눈초롱 : 우어우어~~~ 와우와우~~~~~우어우어~~~ 와우와우~~~~ 얍!!

눈초롱의 주문과 함께 아이들 손에 쥐어진 꽃잎들이 활짝 펼쳐지기 시작한다.

그리고 점점 커져가는 꽃잎.
마침내 활짝 퍼지면서 마치 우산 같은 모양으로 변한다.

**아이들** : 와~~~ 정말 신기하다…

아이들, 눈초롱이 만들어준 커다란 꽃잎 우산을 들고 신기해한다.
눈초롱, 흡족한 얼굴로 이 모습을 바라보더니 이번에는 호수 근처에 피어 풀피리를 꺾어 아이들
에게 하나씩 나누어준다.

**몽구** : 이건 풀피리잖아?

눈초롱, 다시 손짓 발짓으로 무언가를 이야기 한다.

**풍선요정** 1 : 그 풀피린 어른들을 재울 수 있는 마법의 피리야.
**몽구** : 에? 이게 마법의 피리라구?(고개를 갸웃거리며 풀피리를 불어본다)

E) 뿌뿌~~ 삐삐~~~~

몽구, 풀피리를 불어보지만 시끄러운 소리만 나올 뿐이다.

**몽구** : (실망한 듯) 이게 무슨 마법의 피리야… 이런 건 우리 동네 가면 잔뜩 있는 건데…
아이들도 각자 풀피리를 불어보지만 여전히 삐삐거릴 뿐이다.
이때, 눈초롱이 아이들을 향해 빨리 호수로 들어오라고 손짓을 한다.

**풍선요정** : (아이들에게) 자, 시간이 없어. 어서 꽃잎 우산을 펼쳐들고 호수로 들어가!

아이들 웅성거리면서도 눈초롱을 따라 호수 안으로 들어간다.
호수 안에서 유유히 헤엄을 치는 눈초롱.
아이들, 침을 꼴깍 삼키며 꽃잎 우산을 높이 펼쳐든 채 호수 안으로 들어간다.
그러자 신기하게도 몸이 둥둥 떠오르는 듯 하더니 호수 안으로 들어가는 아이들

S#60. 호수 안

꽃잎 우산을 펼쳐들고 호수 안으로 들어간 아이들.
아이들 앞에는 눈초롱과 풍선요정이 앞장서고
신기하게도 아이들은 호수 안에서 자유롭게 움직이기 시작한다.

**아이들** : 우와… 몸이 둥둥 떠다니고 있어!!

그리고 호수 아래로 보이는 마을 풍경.
몽구네 마을이 마치 호수 안에 들어있는 것 같다.
눈초롱, 자기를 따라오라는 듯 손짓을 하면 눈초롱을 따라 지상으로 내려가는 아이들.
그리고 아이들의 시점으로 보이는 세상 풍경으로 이어진다.

**몽구** : (신이 나서) 히야~~ 내가 하늘을 날다니…!!

아이들 신이 나서 환호성을 지르며 좋아한다.

이때, 아이들을 인도하며 날아가던 눈초롱과 풍선요정이 보이지 않는다.

아이들 : 어? 눈초롱이랑 풍선요정은 어디로 간 거지?

눈초롱과 풍선요정은 어느새 호수 위로 올라가고 있다.

몽구 : 야, 눈초롱!! 우리만 남겨두고 가면 어떡해~~~~!!

그러나 호수 위로 점점 멀어져가는 눈초롱과 풍선요정.

풍선요정 : (아이들을 향해) 미안해. 우린 소나기가 내리지 않으면 지상에 머물 수 없어. 지금
부턴 너희들 각자 집으로 돌아가서 어른들이 잠을 잘 수 있게 해야 해!

풍선요정과 눈초롱 점점 시야에서 멀어지고 아이들만 남은 공중.

몽구 : 좋아, 그럼 지금부터 모두 집으로 돌아가 어른들을 재운 후에, 여기서 다시 만나자!!
아이들 : 좋아, 이따 다시 만나는 거야!!

아이들과 몽구, 서로 자기네 집을 향해 날아가기 시작한다.
멀리 집으로 흩어지는 아이들 모습에서 디졸브

S#61. 하늘

아이들과 헤어진 채 꽃잎 우산을 펼쳐들고 하늘을 날고 있는 상식

**상식** : (망설이는) 근데… 이제 어디로 가야 하지…?

이때, 상식의 눈에 들어오는 열구네 학교 운동장

**상식** : 좋아, 누나한테 가보자!!

상식, 열구네 학교를 향해 방향을 틀어 날아간다.

S#62. **열구네 학교 / 교무실**

하늘을 날아 열구네 학교 교무실이 있는 곳에 내려앉는 상식.
교무실 창문을 통해 누나를 발견한다.
교무실 귀퉁이에 앉아 노트에 무언가 적어 내려가고 있다.

**상식** : (창문을 두드리며) 누나~~~ 누나~~~~!!

노트에 무언가를 적어 내려가던 명옥, 소리가 들리는 창쪽으로 고개를 돌린다.
명옥의 시점으로 보이는 창문. 상식은 보이지 않고 꽃잎 한 장이 팔랑팔랑 날아가고 있다.
꽃잎을 보고 빙그레 웃더니 다시 노트에 무언가를 적는.

**상식** : (고개를 갸웃) 이상하네··· 내 목소리가 안 들리나···?

여전히 노트에 무언가 적어 내려가고 있는 명옥이.
명옥이 얼굴에 살포시 미소가 번지고 있다.
이때 국어 선생이 수업을 하기 위해 출석부를 챙기며 교무실을 나서려다

**국어선생** : 선생님 모두 수업에 들어가셨으니까, 자리 비울 땐 문단속 잘하거라. 요즘 도난사고
　　　　가 많아서···
**명옥** : 예··· 선생님.

국어선생, 교무실 문을 열고 나가면 혼자 남은 명옥
갑자기 자리에서 일어나더니 노트를 들고 교무실 밖으로 나간다.


S#63. 열구네 반 교실

E) 또박 또박

수업이 진행 중인 교실. 텅 빈 복도를 명옥이가 걸어온다.
3-3반 앞에 멈춰서는 명옥.
복도 창문을 통해 교실 안을 슬며시 본다.
체육시간인지 교복을 벗어던진 풍경.

**명옥** : 아직 수업이 안 끝났나보네··· 다음에 줄까···?

명옥, 몸을 돌리려다 생각을 바꾼 듯, 주위를 조심스럽게 살피고는 열구의 교실로 들어간다.
텅 빈 복도
이때, 복도 모퉁이에서 명옥의 모습을 훔쳐보는 그림자가 어른거린다.


S#64. 열구네 반 교실 / 내부

교실에 들어온 명옥
열구의 책상을 찾는 듯, 두리번거린다. 그리고 책상 위에 붙어있는 이열구 이름을 발견한 명옥.
입가에 미소가 번진다.
열구의 책상이 있는 곳으로 다가와 몸을 굽혀 서랍 속에 무언가를 집어넣는다.
이때, 교실 창문 너머로 이 모습을 지켜보는 남자.
학생선도부 선생님이다.
선생님의 시점으로 보이는 명옥의 뒷모습.
마치 책상 서랍을 뒤지고 있는 모습처럼 보인다.
명옥을 지켜보던 선생님, 갑자기 문을 연다.
깜짝 놀란 명옥, 몸을 돌리면
성난 얼굴의 선생님

**선생님** : (버럭) 거기 누구야!
**명옥** : (깜짝 놀라) 서…선생님…

명옥의 놀란 얼굴에서 STOP CUT

S#65. 교무실

죄인처럼 고개를 숙인 명옥과 명옥을 다그치는 선생님.

**선생님** : 바른대로 말해! 빈 교실에 들어가서 뭘 한 거야.
**명옥** : (당황하는) 정말 아니에요. 전… 그냥…
**선생님** : 너 자꾸 이럴 거야? 말로해선 안 되겠군.

선생님, 갑자기 명옥이의 몸을 수색하기 시작한다.

**명옥** : (당황하며) 왜 그러세요. 전 아무것도 훔치지 않았다구요
**선생님** : 훔치지 않았으면 가만 있어!

선생님, 강제로 명옥의 호주머니를 뒤지려 하자, 명옥 더 이상 참을 수 없다는 듯

**명옥** : (분노와 억울함) 선생님, 정말 너무해요~~

명옥, 교무실 밖을 뛰쳐나간다.

**선생님** : 야, 이 명옥!! 거기 안서 !!

교무실 밖에서 이 모습을 지켜보고 있는 상식

**상식** : (분노와 억울함으로) 누나…

상식의 눈에 눈물이 맺힌다.


S#66. **열구네 교실**

체육을 끝내고 돌아온 아이들. 땀으로 뒤범벅이 된 아이들, 체육복을 벗고 교복으로 갈아입는 모습이다.
열구도 체육복을 벗고 교복으로 갈아입는다.
이때, 책상 서랍에서 무언가를 발견한 열구. 노트다.

**열구** : (노트를 꺼내 들고) 어? 이게 뭐지…?

열구, 고개를 갸웃거리며 노트를 펼치면, 명옥이의 예쁜 글씨체로 쓰여 진 노랫말.

**열구** : 이… 이건…!!

열구, 얼굴이 환하게 변한다.
이때, 한 학생이 교실 안으로 들어오더니, 호들갑스럽게 전하는 말

**학생** : 애들아, 너희들 얘기 들었어? 우리 학교에서 소사하는 명옥이 있잖아?
　　　우리가 체육 수업하는 동안 몰래 들어와서 돈을 훔쳐갔대. 뭐 없어진 거 있는 지 확인해
　　　봐. 어서!!

학생의 말에 웅성거리는 아이들.

**아이들** : 정말이야? 걔 연탄집 딸이라며? 어쩐지… 늘 궁색하게 하고 다니더니…

아이들의 웅성거림에 놀라는 열구

**열구** : (중얼거리는) 명옥이가…? 아냐… 그럴 리가 없어… 그럴 리가…

열구, 얼굴이 하얗게 질린 채 멍한 시선
이때, 창가에 앉아있던 학생이 소리친다.

**학생** : 어? 저기 가는 애가 명옥이라는 애 아냐?
**아이들** : 정말? 어디 어디!!

아이들, 모두 창가로 달려가 운동장을 바라본다.
열구, 역시 아이들 틈에 끼어 창가로 다가가 명옥을 바라본다.
열구의 시점으로 보이는 명옥의 모습에서 디졸브


S#67. 명옥의 집

명옥의 집을 기웃거리는 열구.
명옥의 집 안에서 들려오는 명옥 아버지의 기침 소리
열구, 집 앞을 서성이다 문을 열고 안으로 들어간다.

**열구** : (작은 소리로) 며…명옥아… 명옥아…

그러자 힘겹게 문을 열며 얼굴을 내미는 명옥 아버지

**아버지** : 누구요…
**열구** : (깍듯하게) 안녕하세요… 저… 열구에요…
**아버지** : (심한 기침을 하며) 오… 열구구나… 명옥이 지금 없는데…
**열구** : 어디… 갔나요?
**아버지** : 명옥이 요즘 식당에서 일하는데…
**열구** : 식당이요? 식당 어디요?
**아버지** : 춘천집… 근데 왜? 명옥이한테 무슨 일이라도 있는 거야?
**열구** : 아… 아니에요… (황급히) 그…그럼… 안녕히 계세요…

열구, 황급히 몸을 돌려 집을 나온다.


S#68. 선술집 / 춘천댁

쟁반에 음식을 받쳐 들고 서빙을 하는 명옥의 모습
그 모습을 멀리서 지켜보는 열구.
명옥, 무슨 실수라도 했는지 춘천 댁에게 꾸지람을 듣고 있다.
고개를 푹 숙인 채 꾸지람을 듣고 있는 명옥의 모습.
선술집 밖에서 이 모습을 지켜보는 열구, 힘없이 뒤돌아간다.

S#69. 몽구네 집 / 오후

가방을 들고 집으로 들어오는 열구.
툇마루에 앉아 멍하니 하늘을 바라보는 열구.
가방에서 노트를 꺼내든다.
그리고 잔잔한 미소가 번지면서 노트를 보는 열구.
이때, 보자기에 옷들을 잔뜩 짊어지고 들어오는 엄마.
화들짝 놀라 노트를 가방 속에 후다닥 집어넣는 열구

엄마 : 뭔데 숨기는 거야?
열구 : 아… 아무것도 아니에요
엄마 : (의심스러운) 혹시 성적표 나온 거 아냐?
열구 : 아니에요
엄마 : (엄하게) 너 아버지하고 약속한 거 잊지 않았지?
　　　 (달래듯) 열구야. 넌 우리 집 장남이야. 그거 알지? 엄만 믿는다. 부엌에 술빵 있다. 먹으면
　　　 서 공부해. (힘겹게 옷 보따리를 마루 위에 놓으며) 에구구… 이젠 나도 늙었나보다… 에
　　　 휴, 허리야…

열구, 말없이 가방을 들고 방으로 들어가면, 그런 열구의 뒷모습을 안타깝게 바라보는 엄마.

엄마 : (문득 하늘을 바라보며) 그나저나 한여름에 웬 꽃씨들이 날아다닌담…

엄마의 시점으로 보이는 하늘 풍경.
엄마, 옷 보따리를 들고 안방으로 들어가면, 살포시 마당에 내려앉는 몽구와 미구

미구 : 엄마 눈엔 우리가 안 보이나봐… 히히.
몽구 : (갑자기 귀를 쫑긋거리더니) 쉿!! 조용히 해

몽구, 마당을 가로질러 창고가 있는 곳으로 살금살금 다가간다.
그리고는 창고에 귀를 바짝 갖다대고 무언가를 엿듣는 몽구.
미구도 몽구를 쫓아 창고에 귀를 갖다댄다.


S#70. 몽구네 집 / 창고

명옥의 노트를 펼치고, 노랫말에 곡을 부치며 기타 연주를 하는 열구의 모습

열구 : (명옥의 노트에 적힌 노랫말에 곡을 붙이며 노래하는) 음음… 음음…

이때, 창고 문틈으로 열구를 훔쳐보는 몽구와 미구

미구 : (감탄) 와… 열구 오빠가 기타를 치고 있어.
몽구 : (걱정스레) 저러다 아버지한테 들키려면 어쩌려구…
미구 : 근데 이상해…
몽구 : 뭐가?
미구 : 왜 아버진 열구오빠가 기타 치는 걸 싫어하지? 난 열구 오빠가 기타 치는 게 참 좋은데…
몽구 : 바보야. 열구 형은 장남이잖아.
미구 : 장남이 뭐? 장남은 기타 치면 안 돼?
몽구 : 아휴, 답답해. 그럼 넌 열구 형이 딴따라가 되는 게 좋아? 좋냐구?

　　　엄마 아버지가 잠 못 자는 병에 걸린 것도 다 저 기타 때문이라구.

**미구** : 딴따라가 뭔데?

**몽구** : 관두자, 관둬!!

다시 몽구와 미구의 시점으로 보이는 열구.
기타 연주에 몰두한 채 행복한 표정이다.

**몽구** : (넋을 잃고 바라보며) 공부만 하는 샌님인줄 알았더니… 좀 치네…

몽구와 미구, 문틈으로 들려오는 기타 연주에 취한 듯, 눈을 감고 열구의 기타 연주를 듣고 있다.
바로 이때, "쾅" 하는 소리와 함께 기타 부서지는 소리. 깜짝 놀란 몽구와 미구, 창고 안을 들여
다보면, 어느 새 기타 소리를 듣고 들어온 화가 난 아버지의 모습.

**아버지** : 이놈의 자식! 네가 끝까지… 끝까지…

아버지, 창고 문을 활짝 열고 들어와 기타를 치는 열구를 성난 얼굴로 바라본다.

**열구** : (당황하는) 아버지… 제발… 제 말 좀 들어 보세요…

그러나 열구의 말이 끝나기도 전에 성큼성큼 창고 안으로 들어오는 아버지.
열구가 들고 있는 기타를 우악스럽게 뺏는다.

**열구** : (기겁) 안 돼요. 아버지! 아버지!!

그러나 화가 머리끝까지 난 아버지, 열구의 기타를 창고 벽에 마구 때리기 시작한다.
순식간에 두 동강이 난 기타.
열구, 멍하지 부러진 기타와 아버지를 번갈아보며 분노에 찬 얼굴

**열구** : (절규와 분노) 절대로! 절대로! 아버질 용서하지 않을 거예요

열구, 아버지를 밀치고 달려 나간다.

**아버지** : (멍한 얼굴로) 열구야! 열구야!

그러나 이미 열구는 사라지고
멍한 얼굴로 부서진 기타를 바라보는 아버지.
부서진 기타를 보며

**아버지** : (자신조차 믿을 수 없다는 듯) 대체 내가 무슨 짓을 한거지… 무슨 짓을…

그 모습을 안타깝게 지켜보는 몽구와 미구.


S#71. **마을 골목길**

집을 뛰쳐나와 막무가내로 달려가는 열구.
열구의 눈에 눈물이 맺힌다.
이때, 열구의 뒤를 쫓아오듯 요란하게 울려오는 사이렌 소리

E) 사이렌 소리

구급차가 열구 곁을 빠르게 지나간다.


S#72. 상식의 집 / 밤

요란한 사이렌 소리를 울리며 상식의 집 앞에 서 있는 구급차
마을 사람들이 웅성거리며 상식의 집을 둘러싸고 있다.
이때, 구급대원들이 간이침대에 명옥의 아버지를 싣고 나온다.
명옥의 막내 여동생은 아버지 곁에서 떨어지지 않으려고 울음을 터뜨리고 있다.

**마을 사람** 1 : 아휴…. 저를 어째.
**마을 사람** 2 : 명옥이는 어디 간 겨.
**마을 사람** 3 : (안타깝게) 식당에서 올 때가 됐는데…

이때, 식당일을 마치고 집으로 돌아오는 명옥.
직감적으로 아버지에게 무슨 일이 생긴 걸 눈치 챈다.
사람들 사이를 헤치고 구급차가 있는 곳으로 가는 명옥

**명옥** : (놀라) 아버지!!

명옥을 본 어린 막내 동생은 명옥에게 매달려 울음을 터뜨리고

명옥 : 아버지, 정신 차리세요 아버지!!

그러나 의식이 없는 아버지.

구급대원 : 아가씨가 보호잔가?
명옥 : 예, 딸이에요 우리 아버지 어떻게 된 거죠? 예?
구급대원 : 일단 병원으로 같이 가자.

명옥, 당황하며 어쩔 줄 몰라 한다. 막내 여동생까지 명옥에게 안겨 울고 있는 상황.

아줌마 : (상순이를 안으며) 상순이는 내가 데리고 있을 테니까 어서 가봐.
명옥 : (상순이를 건네며) 감사합니다… (주위를 두리번거리며) 근데… 혹시 우리 상식이 못 보셨나요?

이때 명옥이의 뒤를 쫓아 온 상식. 하늘 위에서 어쩔 줄 몰라 명옥을 부른다.

상식 : 누나, 나 여기 있어. 누나~~

그러나 명옥이의 눈에는 보이지도 들리지 않는 상식.

아줌마 : 상식이 오면 곧장 병원으로 보낼 테니까, 어서 가봐.
명옥 : 예… 그럼 부탁드릴게요.

명옥, 구급대원을 쫓아 구급차에 오른다.

막 명옥이가 구급차에 오르면, 집에서 나온 열구가 명옥을 발견.

**열구** : 저건… 명옥이…?

그러나 이미 구급차는 요란한 사이렌 소리와 함께 떠나버리고
상식은 구급차를 따라 날아간다.


S#73. 몽구네 집 / 밤

마당 군데군데 떨어져 있는 담배꽁초.
열구 아버지가 불안한 얼굴로 마당을 서성이고 있다.
집을 나간 열구를 기다리는 듯, 문 밖을 걱정스레 내다본다.
이때, 엄마가 지친 몸으로 들어온다.
열구 아버지, 엄마를 보자마자 다급히 다가가다가, 애써 태연한 척

**아버지** : 그 놈의 자식 뭐가 예쁘다고 찾아 다녀? 내버려둬!! 제가 갈 데가 어딨다구!
**엄마** : 이 밤중에 애를 내보낸 게 누군데 큰소리예요? 그러게 왜 멀쩡한 기타는 분질러서 애를
　　　　밖으로 내몰아요
**아버지** : (허탈하게) 당신이 뭘 안다 그래?
**엄마** : 어머머. 기가 막혀. 이렇게 된 게 모두 누구 탓인데 그래요? 말이야 바른 말이지. 열구가
　　　　저렇게 된 게 다 당신 탓이라구요
**아버지** : 무슨 뚱딴지같은 소리야?
**엄마** : 흥. 이제 와서 딴 소리 하기는… 당신 열구 앞에다 앉혀놓고 공부가 인생의 전부가 아니

다. 너 하고 싶은 일 하면서 살면 그게 최고다라며 부채질 한 게 누군데요?

아버지 : (당황하며) 뭐야? 그…그건… 당신이 하도 1등 1등 하며 애를 잡으니까 하도 딱해서 한 소리지! 그렇게 따지면 당신도 열구한테 잘 한 거 하나도 없어.

엄마 : 기가차서… 그 아버지에 그 아들이라더니… 지금 열구하는 모습 보면 당신 젊었을 때랑 똑같다구요.

아버지 : 내가 젊을 때 뭘 어쨌다구?

엄마 : 어머머. 당신 기억 안나요? 나랑 결혼하기 전부터 당신 가수 되겠다고 방송국에 쫓아다니 며 뿌린 돈이 얼만데요? 열구가 저러는 것도 다 당신 때문이라구요.

아버지 : (당황) 그…그거야… 철…없을 때… 그런 거지…

엄마 : (혀를 끌끌하며) 철 좋아하시네. 당신이 집 뛰쳐나간 게 스물여섯 살이었다구요.

아버지 : (더 이상 아무 말도 못하고 애꿎은 담배만 피워댄다)

엄마 : (허점을 잡았다는 듯) 담배 좀 작작 펴요!!

이때 하늘 위에서 엄마, 아버지의 모습을 바라보는 몽구와 미구.

미구 : 오빠. 어쩌지…? 오늘은 엄마 아버지가 꼭 잠들어야 하는데…

몽구 : (골똘히 생각에 잠겨 중얼거리는) 아버지 꿈이 가수였다구…? 가수라… 좋아. 나한테 좋은 생각이 있어! (미구에게) 미구야, 따라와!!

지붕 위에서 엄마 아버지가 있는 마당으로 향하는 미구와 몽구.
그러나 엄마 아버지 눈에는 보이지 않는 미구와 몽구.
서로 등을 돌린 채 한숨만 푹푹 내 쉬는 엄마와 아버지.
몽구가 살그머니 다가와, 엄마 아버지 귀에 바짝 대고 풀피리를 불기 시작한다.
그러나 음정 박자도 안 맞는 풀피리 소리.

**몽구** : (미구에게) 야, 좀 제대로 좀 불어봐!

**미구** : (입을 삐죽) 치, 그러는 오빠는? 음정도 다 틀리게 불면서…

**몽구** : 아휴… 다시 불어 봐!!

몽구와 미구 엄마 아버지 귀에 대고 다시 풀피리를 불기 시작한다.

**엄마** : (귀가 시끄러운 듯 손가락으로 귀를 후비며) 어휴, 웬 놈의 모기들이 귓구멍까지 들어와서
　　　난리야.

몽구와 미구, 울상을 짓는다.

**몽구** : 뭐… 모기라구…?

**미구** : 에이, 힘들어! 나 안 해!!

미구, 풀피리를 땅바닥에 내동댕이친다.
풀피리, 데구루루 굴러 아버지한테 굴러간다.

**아버지** : (풀피리를 발견하고) 어? 웬 풀피리지…?

깜짝 놀란 미구와 몽구

**미구** : 어…? 내 풀피리…!!

물끄러미 풀피리를 바라보는 아버지.

엄마 : (풀피리를 들고 있는 아버지를 보며 비아냥거리듯) 이젠 기타도 모자라 풀피리까지 불려구요?

엄마의 비아냥거림도 무시하고 풀피리를 조용히 입가로 가져가는 아버지
아버지, 조용히 눈을 감고 풀피리를 불기 시작한다.

엄마 : (풀피리 소리가 싫지 않은 듯) 흥… 제법이구랴…

엄마도 아버지의 풀피리 소리에 넋을 잃은 듯 조용히 풀피리 소리를 듣는다.
눈을 감고 풀피리 연주에 빠져드는 아버지.

S#74. 아버지의 환상 / 몽타주

열구와 비슷한 나이의 아버지가 풀피리를 불고 있다.
이때 빨래를 하러 냇가를 찾아 온 명옥이 나이 또래의 엄마, 아빠의 풀피리 소리에 귀를 기울이며 바위 뒤에 몸을 숨기고 연주 소리를 듣는다.
이때, 열구 아빠의 아버지(지금의 아버지 나이 또래의)가 소를 끌고 오다가 풀피리를 불고 있는 열구 아빠를 발견. 아버지(열구의 할아버지)에게 들킨 열구 아빠, 걸음아 나 살려라 도망을 치고 바위 뒤에서 몰래 이 모습을 지켜보던 열구 엄마. 열구 아빠가 내팽개친 풀피리를 집어 든다. 그리고 열구 아빠처럼 풀피리를 불어보는 열구 엄마. 그러나 잘 되지 않는다.
이때 나타나는 열구 아빠. 열구 엄마에게 손을 내민다. 수줍게 손을 잡는 엄마.
어디선가 들려오는 풀피리 소리에 장단을 맞추며 춤을 추는 젊은 시절의 열구 아빠와 엄마.
빙글빙글 돌며 멋지게 춤을 열구 아빠와 엄마의 모습

## S#75. 몽구의 집 / 마당 / 밤 / 현실

마루 기둥에 등을 기댄 채 행복한 표정을 지으며 어느새 잠이 든 열구 아빠와 엄마.
열구 아빠와 엄마, 행복한 꿈이라는 꾸는 듯 입가에 미소가 번진다.
이 모습을 몰래 지켜보는 몽구와 미구

**미구** : (믿기지 않는 듯) 오빠, 엄마 아버지 지금 자는 거야?

몽구, 살그머니 엄마 아버지의 얼굴에 손을 흔들어댄다.
미소가 가득한 얼굴로 잠이 든 엄마, 아버지

**미구** : 히…… 진짜로 자네……
**몽구** : (아버지가 잠을 자면서 떨어뜨린 풀피리를 집어 들고) … 우리 마법이 통한 거야……!!

미구와 몽구, 잠자는 엄마 아버지를 뿌듯하게 바라보며 싱긋 웃는다.

## S#76. 보건소 / 밤

상식이 아버지가 입원해있는 보건소 상식이 아버지는 한 고비를 넘겼는지 편안한 얼굴로 잠을
자고 있다. 그리고 아버지 곁에 누워 잠이 든 막내 여동생 상순이.

**명옥이** : (아버지 손을 꼭 잡으며) 아버지… 저희만 남겨두고 떠나시면 안 돼요…

명옥이, 아버지의 손을 꼭 잡은 채 얼굴을 묻는다.
아버지, 명옥이의 얘기를 들었는지, 눈가에 눈물이 맺힌다.
이때 쭈뼛거리며 병실 문을 열고 들어서는 열구.

**명옥** : (눈물을 훔치며 문 쪽으로 얼굴을 돌린다) 누구…?


S#77. 보건소 / 마당 / 밤


귀뚜라미가 우는 초가을 밤.
보건소 마당 벤치에 앉아있는 열구와 명옥.


**열구** : (발만 톡톡거리며) 힘들지…?
**명옥** : (희미하게 웃으며) 조금……
**열구** : ……
**명옥** : ……
**열구** : 저기……
**명옥** : 응?
**열구** : 고마워……
**명옥** : 뭐가?
**열구** : 노랫말……
**명옥** : (부끄러운) 아…그거…… 별 거 아냐… 너가 기타를 친다고 하니까… 괜히 부러워서…
　　　　한 번 써 본거야… 근데…(수줍게) 내 노랫말… 유치하지?
**열구** : (손사래를 치며) 아…아냐!! 유치하지 않아. 넌 초등학교 때부터 글 잘 썼잖아.

명옥 : (활짝 웃으며) 정말? (안도의 한숨을 내쉬며) 고마워…
      (걱정스레) 근데… 집에서는…아직도 모르시니?

열구 : 아니. 아셔… 그것 때문에 집에서 한바탕 하고 나온걸 뭐…

명옥 : (놀라며) 그렇구나… 그럼 앞으로 어떻게 할 거야…?

열구 : 글쎄… 나도 모르겠어.

명옥 : (간절하게) 열구야… 난 너가 뭘 하든지 잘 할 거라 믿어. 기타리스트가 되던, 부모님이 원
      하시는 법관이 되던…

열구 : (감격) 명옥아…

명옥 : 대신 너무 성급하게 판단하지 않았으면 좋겠어.

열구 : (생각에 잠기며) 그래, 고마워. 네 말 명심할게…

명옥 : (싱긋 웃는다)

열구 : 참… 너가 처음 운동장에서 사이다 뚜껑 줄 때, 기억나니?

명옥 : 무슨…?

열구 : 기타 그림이 그려져 있는 사이다 뚜껑을 받았을 때, 아주 따뜻한 느낌이었어. 누군가 내손
      을 잡으면서 이 기타는 열구 너에게 주는 선물이야…라고 말하는 것 같았어.

명옥 : (신기) 그게 정말이야?


<열구의 플래쉬 백>
운동장에 서 있는 열구.
명옥이가 열구에게 사이다 뚜껑을 건네주면, 눈초롱이 다가와 사이다 뚜껑을 쥔 열구의 손을 꼭
쥐어준다. 눈초롱이 열구의 손을 닿는 순간, 환하게 빛을 발하고 사이다 뚜껑에 그려진 기타를
보고 좋아하는 열구의 모습을 보고 환하게 웃는 눈초롱.
열구, 회상에서 깨어나며

열구 : (몽상에 잠기듯)누군가 기타리스트로서의 내 꿈을 응원해주는 것 같았어.

명옥 : 그럼, 나도 응원하고 있는 걸. (살짝 열구의 눈치를 보며) 비록 지금은 너희 엄마 아버지가 반대하시더라도… 언젠가는 네가 꾸는 꿈을 가장 적극적으로 밀어주실 거라 믿어…

열구 : (못미더운 듯) 글쎄… 정말 그럴까?

명옥 : 정말이구 말구! 나도 널 이렇게 응원하고 있잖아!

열구 : (명옥의 말에 힘을 얻은 듯 수줍게 웃는다) 고마워 명옥아… 나도 널 응원하고 있다는 거 잊지 마. 검정고시에 꼭 붙어서 대학에도 가고… 아버지 병도 낫고… 꼭 그렇게 될 거야.

명옥과 열구 서로 얼굴을 마주보며 싱긋 웃는다.

열구 : (화제를 바꾸는) 참, 네가 준 노랫말에 곡을 붙여봤는데…

명옥 : (감격) 정말? 지금 들려줄 수 있어?

열구 : (수줍게) 근데… 어쩌지… 지금은 기타가 없는데…

명옥 : 노래로 불러주면 되잖아, 어서… 해봐…!

열구 : 에? 노래로 불러달라구? (머리를 긁적이며) 나 노래 못하는데… (머뭇거리다) 좋아, 그럼 한번 해보지 뭐.

열구, 수줍게 목을 가다듬더니 나지막한 소리로 노래를 부르기 시작한다.

S#78. 보건소 / 병실

침대에 누워있는 상식의 아버지.
잠을 자고 있는 아버지 곁에 말없이 앉아 아버지의 손을 잡고 있는 상식.

보건소 마당에서 나지막이 부르는 열구와 명옥의 노래 소리가 상식 아버지 병실에까지 들린다.

**상식** : (아버지 손을 꼭 쥐며) 아버지, 누나가 노래를 하고 있어요
**아버지** : (눈을 감은 채)…
**상식** : (추억에 잠기듯) 참 오랜만이에요 누나 노래 … 아버지도 그렇죠?

잠을 자고 있는 아버지의 눈가에 눈물이 흘린다.

**상식** : 아버지… 그 동안 아프셔서 제대로 잠도 못 주무셨는데… 우리 누나 노래 들으면서 푹
　　　　주무세요… 저도 곁에 누울 게요…

상식, 아버지가 누워있는 침대위로 올라간다.
그리고 아버지 손을 꼭 쥔 채 아버지 곁에 눕는다.
상식의 손을 꼭 잡은 아버지 얼굴에 조용히 미소가 번진다.
상식 아버지와 상식이 나란히 잠을 자는 동안 들려오는 열구와 명옥의 나지막한 노랫소리.
병실 창문 너머 새벽별이 지기 시작하면 두 손을 꼭 잡은 채 잠이 든 상식과 상식의 아버지.


S#79. 상식과 아버지의 환상

상식이 만든 우주 비행기를 타고 하늘을 나는 상식과 상식 아버지.
상식 아버지는 어느새 건강해진 모습으로 상식과 함께 우주 비행기 운전석에 앉아 비행을 하고
있다. 상식아버지의 환한 얼굴. 마침내 우주 비행기를 타고 도착한 화성.
상식 아버지와 상식이 무중력 상태에서 화성을 경중경중 뛰어다니는 모습에서 디졸브

S#80. 마을 정경

밤새도록 환하게 켜져 있는 불이 하나, 둘 꺼지기 시작하는 마을 풍경
이때, 구름이 달빛을 가리기 시작하더니 유쾌한 소리를 내며 쏟아지는 소나기


S#81. 밤하늘

이때, 어른들의 잠을 모두 재우고 꽃잎 우산을 펼쳐들고 하늘 위로 날아오는 아이들.
몽구와 상식의 환한 모습도 보인다.
아이들과 함께 힘차게 날아 허공산의 호수로 향해 날아간다.


S#82. 허공산 / 호수

풍선요정들과 눈초롱이 허공산 호수에서 초조하게 아이들을 기다리고 있다.

**풍선요정** 1 : 올 때가 됐는데…
**눈초롱** : (역시 초조한 듯 커다란 몸을 뒤뚱거리며 왔다갔다 서성이고)

이때, 잔잔하던 허공산 호수에 물결이 일렁이기 시작하더니 호수 안에서 꽃잎 우산을 펼쳐들고
마침내 모습을 드러내는 아이들.

**풍선요정** 2 : 앗!! 돌아왔어! 아이들이 돌아왔다구!!

풍선요정 1 : 뭐? 어디? 어디?

풍선요정들과 눈초롱 호수 쪽으로 달려가면 아이들이 환한 얼굴로 모습을 드러낸다.

**몽구** : (반갑게 손을 흔들며) 눈초롱~~~~ 풍선요정~~~~!!

아이들, 모두 호수 밖으로 나와 풍선요정들과 눈초롱에게 안긴다.

**눈초롱** : (손짓발짓으로 무언가를 묻는다)
**몽구** : 그럼! 아마 지금쯤 편하게 주무시고 계실 거야.
**눈초롱** : (기쁜 듯 눈을 깜박깜박 거린다)
**몽구** : 모두 눈초롱 덕분이야. 정말 고마워.

눈초롱, 수줍게 웃는다.

**미구** : 그럼, 눈초롱도 앞으로 우리 동네에 놀러 올 수 있는 거야?
**눈초롱** : (힘차게 고개를 끄덕인다)
**아이들** : 와~~~~ 정말이지? 약속하는 거다~~~

눈초롱, 역시 수줍은 듯 커다란 손으로 고개만 긁적긁적.
이때, 몽구가 시무룩한 표정으로 눈초롱에게 묻는다.

**몽구** : 근데… 이 허공산에 우리 또 놀러 와도 되는 거지?

그러자 아이들에게 손짓발짓으로 얘기를 하는 눈초롱

**아이들** : 뭐라고 하는 거지?

아이들이 어리둥절해하자 허공산에 있는 커다란 나무로 다가가 나뭇잎을 따더니, 아이들에게 한 장 한 장 나누어준다.

**아이들** : (나뭇잎을 보고) 이 나뭇잎은…? 저번에 받은 그 초대장?
**눈초롱** : (고개를 끄덕인다)
**풍선요정** : 그 초대장은 언제든 너희들이 오고 싶을 때 오라는 거야.

기뻐하는 아이들을 흐뭇하게 바라보는 눈초롱

**몽구** : (그래도 못미더운 듯) 눈초롱, 정말 우리 다시 만날 수 있는 거지?

몽구, 간절한 눈빛으로 눈초롱을 바라보자 몽구를 살포시 끌어안는다.
눈초롱의 가슴에 얼굴을 묻은 몽구.
이때, 눈초롱의 심장 소리와 함께 몽구의 귀에 환청처럼 들려오는 눈초롱의 목소리

E) **눈초롱** : 그럼, 우린 또 만날 수 있어. 소나기가 오면 언제든 너희들을 데리러 버스가 도착 할 거야. 하지만… 언젠간 그 버스가 눈에 보이지 않을 지도 몰라… 그래도 너가 나를 잊지만 않는다면 언제든 만날 수 있을 거야…

몽구가 눈초롱 품에 안기자 다른 아이들도 우르르 달려와 눈초롱의 품에 매달린다.

그런 풍경을 흐뭇하게 바라보는 풍선요정들.
이때 호수로 비추는 마을 풍경. 서서히 소나기 빗줄기가 잦아들고 있다.

**풍선요정** : (눈초롱에게 매달린 아이들을 향해) 이런! 소나기가 점점 잦아들고 있어. 지금 가지
　　　　　 않으면 버스를 놓칠 거야. 얘들아, 어서 서둘러~~!!

풍선요정의 말에 눈초롱 품에서 떨어지는 아이들.
이때 호수 쪽으로 날아오는 버스
문이 열리고 아이들이 타기를 기다린다.
아이들, 이별이 아쉬운 듯 버스에 올라타면서도 눈초롱과 풍선요정들을 향해 손을 흔든다
마침내 모두 버스에 올라타면, 서서히 움직이기 시작하는 버스
버스 창가에 매달린 채 눈초롱과 풍선요정들에게 손을 흔드는 아이들

**아이들** : 눈초롱! 풍선요정!! 꼭 다시 만나자~~~~

아이들을 태운 버스가 허공산에서 점점 멀어지면 눈초롱과 풍선요정들의 모습도 점점 작아지면
서 페이드 아웃

S#83. 하늘

허공산을 떠나 마을을 향해 달려가는 버스 점점 마을과 가까워지기 시작한다.
이때, 갑자기 요동을 치기 시작하며 크게 흔들리기 시작한다.
겁에 질린 아이들, 놀란 얼굴로 어쩔 줄 몰라 한다.

몽구 : 어? 버스가 왜 이러지~~? 어어어~~~~~

비명을 지를 사이도 없이 하늘에서 우르릉 쾅쾅, 번개가 치면서 세찬 바람이 불어와 버스를 강
타한다. 아이들 흔들리는 버스에서 비명을 지르며 당황하고
그러나 세찬 바람과 함께 타이어에 펑크가 나고 문짝이 날아가기 시작.
결국 몽구와 친구들은 버스와 함께 지상으로 추락하고 만다.
그 과정에서 허공산에서 얻은 꽃잎 우산도 모두 하늘 아래로 추락하고

S#84. 몽구네 마을 / 마을 공터

VO) 아이들 비명소리
비명소리와 함께 마을 공터의, 진흙 밭 위로 떨어지는 아이들 모습.
아이들, 제각기 진흙 밭 위로 나동그라지며 잠시 기절한 상태.
이때, 미구를 꼭 끌어안고 밭 위로 나동그라진 몽구, 정신을 차린 듯 서서히 눈을 뜬다.

몽구 : (주위를 둘러보며) 아이고… 허리야… 그…근데… 여기가 어디지…?

몽구, 깜짝 놀라 주위를 둘러보면 허공산에 함께 간 아이들이 여기저기서 일어나 주위를 둘러보
고 있다. 이때 상식이가 친구들을 부르는 목소리

상식 : 몽구야! 순돌아!
몽구 : (손을 흔들며) 나 여기 있어~~~!!
순돌 : (아직 충격에서 벗어나지 못한 듯 기어들어가는 목소리로) 나도… 여기 있어…

아이들, 모두가 무사한 걸 확인하고 온몸에 묻은 진흙을 털며 자리에서 일어난다.

**미구** : (무언가를 찾는 듯 주위를 두리번거리더니) 어? 근데… 버스가 어디로 갔지?
**몽구** : (그제야 생각이 난 듯) 맞아, 버스!!

몽구, 버스를 찾아 주위를 두리번거리다 깜짝 놀란다.

**몽구** : (놀라며) 이…이럴 수가… 저 버스는… ?

몽구의 시점으로 보이는 버스
허공산을 날던 그 버스는 바로 폐차 직전의 고장 난 버스로 오랫동안 마을 공터에 버려진 버스였던 것. 아이들, 몽구에게 몰려와 버스를 보고 깜짝 놀란다.

**상식** : (놀라) 몽구야. 저 버스… 우리가 탔던 그 버스 아냐?
**몽구** : 글쎄… 그런 것 같기도 하구… 아닌 것 같기도 하구……
**상식** : 이상해… 저 버스는 고장 난 버스라 공터에 오랫동안 버려진 버스였는데…
**몽구** : (갸우뚱) …근데, 상식아
**상식** : (버스에서 눈을 떼지 못한 채) 응?
**몽구** : 우리 지금 허공산에 갔다 온 거 맞니?
**상식** : 글쎄… (손에 쥔 초록색 나뭇잎을 내보이며) 이 나뭇잎이 있는 걸 보면 그런 거 같기도 하고… 아닌 것 같기도 하고…

몽구와 상식, 모두 얼이 빠진 채 몽환적인 표정으로 꿈인 듯 생시인 듯 서로를 바라보는 아이들. 그러나 이 황망함도 잠시, 어디선가 들려오는 낯익은 씩씩한 목소리

VO) **몽구 엄마** : 아이구~ 이 망할 놈의 자식들! 또 진흙탕에서 뒹굴고 있어!! 저걸 또 어떻게 빨라구!!

몽구 엄마의 뚝배기 같은 목소리에 정신이 퍼뜩 든 몽구.
길가에 버려진 몽둥이를 들고 자신에게 달려오는 엄마를 보고 화들짝 놀라 달아난다.

**몽구** : 으아~~~~ 난 죽었다!! (아이들을 향해) 모두 해산!! 해산~~~~

몽구, 엄마의 몽둥이를 피해 정신없이 도망가면, 미구도 몽구를 따라 도망가고 그런 몽구와 미구를 악착같이 쫓아오는 엄마

**엄마** : 몽구, 미구!! 너희들 거기 못서!! 내가 너희들 때문에 못살아~~~! 당장 거기 서지 못해!!

그러나 엄마를 따돌리고 걸음아 날 살려라 도망가는 몽구의 모습에서 페이드 아웃.


**S#85. 에필로그 / 시간경과 몽타주 / 환상과 현실의 교차**

몽구와 친구들이 탔던 버스가 마을 공터에 버려지듯 덩그마니 놓여있는 풍경.
아이들이 고장 난 버스 근처에서 장난감 총을 들고 소리를 질러가며 놀이에 열중하는 평범한 일상의 모습이 보인다.
그러나 어느 순간 환상처럼 소나기가 쏟아지면 하늘 저 멀리서 날아오는 눈초롱.
하늘을 둥둥 날아다니며 아이들에게 똥침을 놓으며 한창 장난을 치고 있는 모습이 보인다.
평화로운 한 낮의 풍경을 보여주다 CA, 하이 앵글로 올라가면 성인이 된 몽구의 내레이션,

NA) 그 날 이후 나는 눈초롱을 다시 만나지 못했다. 어느새 난 어른이 되었고 나 역시 불면에 시달리는 나날들이 늘어났다. 하지만 내 아이들이 눈초롱과 만날 수 있도록 가끔은 깊은 잠에 빠져들곤 한다. 눈초롱과 만난 아이들이 혹시라도 내 얘길 전해 듣고 깜짝 놀랄 것을 기대하며…

몽구의 내레이션과 함께 눈초롱과 함께 꽃잎 우산을 펼쳐들고 하늘로 날아올라가는 아이들의 모습에서 엔딩.

# 참고문헌

## ❶ 단행본

김우창・성완경, 『이미지는 어떻게 살고 있는가』, 민음사, 1999.

김준양, 『애니메이션, 이미지의 연금술』, 한나래, 2002.

김천혜, 『소설 구조의 이해』, 문학과지성사, 1990.

박봉성 편역, 『대중예술의 이론들』, 동연, 1994.

박성창, 『수사학』, 문학과지성사, 2000.

박인하 外, 『일본 애니메이션 아니메가 보고 싶다』, 교보문고, 1999

_____, 『아니메 미학에세이』, 바다출판사, 2003.

송락현, 『애니 스쿨』, 서울 문화사, 1997.

이상섭, 『신비평과 형식주의』, 고려원, 1996.

이승훈, 『문학 상징 사전』, 고려원, 1996.

이용배, 『애니메이션의 장르와 역사』, 살림, 2003.

이인화 外, 『디지털 스토리텔링』, 황금가지, 2004.

전윤경, 『영상과 시나리오』, 건국대학교 출판부, 2001.

정진홍, 『종교학서설』, 전망사, 1990.

조우현, 『희랍철학의 문제들』, 현암사, 1993.

최기숙, 『환상』, 연세대학교 출판부, 2003.

한용환, 『소설학 사전』, 고려원, 1992.

허인욱, 『한국애니메이션 영화사』, 신한미디어, 2002.

황선길, 『애니메이션 영화사』, 범우사, 1998.

아리스토텔레스(Alistotele), 천내희 역, 『시학』, 문예출판사, 1999.

앙드레 바쟁(Andre Bazin), 박상규 역, 『영화란 무엇인가』, 시각과 언어, 1998.

안드레이 타프코프스키(Andrej Tarkowskij), 김창우 역, 『봉인된 시간』, 분도출판사, 1991.

앤드류 달리(Andrew Darley), 김주환 역, 『디지털 시대의 영상문화』, 현실문화연구, 2003.

B. B. 토마세프스키(B. B. Tomashevsky), 한기찬 옮김, 『러시아 형식주의』, 고려원, 1996.

크리시티앙 될커(Christian Doelker), 이도경 역, 『미디어에서 리얼리티란 무엇인가』, 커뮤니케이션 북스, 2001.

더들리 앤드루(D. Andrew), 김시무 外 역, 『영화 이론의 개념들』, 시각과 언어, 1998,

데이브드 보드웰 · 크리스틴 톰슨(David Bordwell · Kristin Thompson), 주진숙 · 이용관 역, 『Film Art』, 이론과 실
천, 1997.

E. H. 곰브리치(E. H Gombrich), 차미례 역, 『예술과 환영』, 열화당, 1992.

E. M. 포스터(E. M. Forster), 이성호 역, 『소설의 이해』, 문예출판사, 2000.

프랭크 커모드(Frank Kemode), 조초희 역, 『종말 의식과 인간적 시간』, 문학과지성사, 1993.

제럴드 즈네트(Gerard Genette), 권택영 역, 『서사담론』, 교보문고, 1992.

그래엄 터너(Graeme Turner), 임재철 外 역, 『대중영화의 이해』, 한나래, 1994.

존 할라스(John Halas), 이일범 역, 『애니메이션 이론과 실제』, 신아사, 2003.

　　　　　　　　　, 황선길 · 박현근 역, 『세계 애니메이션 작가와 작품』, 범우사, 2000.

J. G. 카웰티, 박봉성 역, 『대중예술의 이론들』, 동연, 1994.

자끄 오몽(Jacques Aumont) 外, 전수일 역, 『영화분석의 패러다임』, 현대미학사, 1999.

자끄 라깡(Jacques Lacan), 민승기 外 역, 『욕망이론』, 문예출판사, 2000.

캐서린 흄(Kathryn Hume), 한창엽 역, 『환상과 미메시스』, 푸른나무, 2000.

루이스 파킨손 자모라(Lois Parkinson Zamora), 우석균 外 역, 『마술적 사실주의』, 한국문화사, 2003.

모린 퍼니스(M. Furnis), 한창완 外 역, 『움직임의 미학』, 한울 아카데미, 2001.

미르세아 엘리아데(Mircea Eliade), 이동하 역, 『성과 속 종교의 본질』, 성균관대학교 출판부, 1998.

폴 웰스(P. Wells), 한창완 · 김세훈 역, 『애니마톨로지@』, 한울, 2002.

롤랑 바르트(R. Barthes), 김현 역, 『수사학』, 문학과지성사, 1985.

레지스 드브레(R. Debray), 정진국 역, 『이미지의 삶과 죽음』, 시각과 언어, 1994.

로버트 스탬(R. Stam) 外, 김병철 外 역, 『어휘로 풀어보는 영상기호학』, 시각과 언어, 2003.

로버트 맥기(Robert Mckee), 고영범 外, 『시나리오 어떻게 쓸 것인가』, 황금가지, 2002.

시모어 채트먼(S. Chatman), 김경수 역, 『영화와 소설의 서사구조』, 민음사, 1995.

로버트 스콜즈(Scholes & Rabkin), 김정수 外 역, 『SF의 이해』, 평민사, 1993.

지그문트 프로이드(Sigmund Preud), 정장진 역, 『창조적인 작가와 몽상』, 열린책들, 1998.

수잔 랭거(Susanne K. Langer), 이승훈 역, 『예술이란 무엇인가』, 고려원, 1993.

T. 토도로프(T. Todorov), 신동욱 역, 『산문의 시학』, 문예출판사, 1998.

토리우미 진조(Toriumi Jinzo), 조미라 外 역, 『애니메이션 시나리오 작법』, 모색, 1999.

V. Y 프롭(V. Y Propp), 황인덕 역, 『민담 형태론』, 예림기획, 2000.

유리 로트만(Y. Lotman), 오종우 역, 『영화 형식과 기호』, 열린책들, 2001.

### ❷ 외서

Andrew Tuder, *Genre and Critical Methodology*, <Movies & Methods 1>, London : University of California, 1976)

J. R. R. Tolkin, *On Fairy-Stories*, The Tolkien Reader, New York : Ballantine, 1974.

Jean-Loup Bourget, *Social Implications in the Hollywood Genres*, Film Genre Reader, ed. Barry K, Grant(Austin : University of Texas Press, 1986)

Kenneth J. Zahorski &Robert H. Boyer, *The Secondary Wolrds of High Fantasy*, The Aesthetics of Fantasy Literture and Art, Ed. Roger C. Schlobin(Norte Dame : University of Norte Dame Press, 1982),

Kuhn Annette, Alien zone : *Culture Theory and Criticism Contemporary Science Fiction Cinemas*, London N. Y : Verso, 1990.

Robert Makee, *Story : Substance, Structure, Style and Principles of Screenwriting*, HarperCollins Publishers, 1997.

Susan Sontag, *The Imagination of Disaster*, Film Theory and Critieism, ed. Gerald Nast and Marshall Cohen(New York : Oxford Univ. Press,1985)

### ❸ 논문

곽영진, 「SF와 영화」, 『외국문학』, 1996, 겨울, 제49호.

곽현자, 「SF영화의 장르적 특성에 관한 연구」, 서울대학교 대학원, 1998.

김경욱, 「뉴 할리우드 시대 블록버스터의 스펙터클과 서사」, 『영화예술연구』, 영상예술학회, 2004년, 제4호.

김성곤, 「SF : 새로운 리얼리즘과 상상력의 문학」, 『외국문학』, 1991, 봄호.

김수현, 「3D캐릭터 애니메이션에서의 리얼리티에 관한 연구」, 홍익대학교 대학원, 2002.

김영준, 「포스트모더니즘 영화연구」, 동국대학교 대학원, 1993.

김준양, 「다카하타 이사오 작가론」, 『KINO』, 1996. 11.

박기수, 「애니메이션 서사의 특성 연구-한·미·일 애니메이션을 중심으로」, 한양대학교 대학원, 2001.

박은미, 「SF 애니메이션에 나타난 인간 이해에 대한 신학적 고찰」, 명지대학교 대학원, 2000.

박종탁, 「중남미 현대소설과 환상적 리얼리즘」, 『오늘의 문예비평』, 1996년 겨울호.

송병선, 「중남미 문학의 환상과 마술」, 『외국 문학』, 1993. 겨울.

이성혁, 「문학에서 환상이 갖는 의미와 한국시가 보여준 환상 공간의 전복적 성격」, 『미네르바』, 2001년 창간호

이지은, <마리 이야기>, <오세암>, <원더풀 데이즈> 등 극장용 기획창작애니메이션의 산업적 의미 및 제작 모델 비교 분석」, 『국산 기획창작 애니메이션 발전을 위한 집중 심포지엄 자료집』, 영화진흥위원회, 2004.

정양환, 「미국과 일본의 SF 애니메이션이 가진 장르적 특성에 관한 연구」, 한양대학교 대학원 학위 논문, 2000.

최현주, 「한국현대 성장소설의 서사 시학 연구」, 전남대학교 대학원, 1999.

황병하, 「환상문학과 한국문학」, 『세계의 문학』, 1997, 여름.

**❹ 기타**

강수정 外, <마리 이야기> 시나리오.

김문생 감독 인터뷰, <필름 2.0>, 2003. 7. 1.

김문생 外, <원더풀 데이즈> 시나리오.

김수정 外, <아기공룡 둘리, 얼음별 대모험> 시나리오.

김수정 外, 『애니메이션 시나리오 작법 특강 자료집』, 한국문화콘텐츠진흥원, 2002.

김준양, 「다카하타 이사오 작가론」, <KINO>, 1996. 11.

김혜선, 「우리가 마리를 만나기까지」, 영화주간지 <필름 2.0>, 2002. 1. 11.

최수임, 「물고기새 타고 파스텔도원을 훨훨」, <씨네 21>, 2001.

한서대학교, 「2004 애니메이션 시나리오 작가 양성 교육 사업」, 2004.

황민호, 「캐릭터 한국 만화사 김수정의 '둘리'」, <씨네 21>, 1997. 3. 4.